水神様がお呼びです

あやかし異類婚姻譚

佐々木匙

文庫
22388

目次

プロローグ

ちょうど百年前のお話です。

曲瀬（まがせ）、と呼ばれる、ぐねぐねと曲がりくねった一本の川が大きく二つに分かれる、その間に位置する土地がありました。

その地には、川を司（つかさど）る水神様がいらっしゃって、畑や家々を大水から守ったり、反対に機嫌を損ねてはそこらを水浸しにしたり、益と害とを振りまいておりました。この力のおかげで、曲瀬の地は作物が豊かに実る良い土を得ていたのです。代わりに、人の命は多く失われておりました。

しかし、時代が進むにつれ、人は堤を作り、川の恐ろしさは少しずつ、少しずつ目減りしていきます。力の源である信仰は忘れ去られていき、それにつれて水神様はゆっくりと、かつてのような強い力と存在を失いつつありました。そんな折りのことです。

水神様はある日、人里の一人の娘に目を留めました。幾らかの畑と財産を持っていた古い家の出で、長い黒髪が美しく、心ばえ良く、少しばかりはねっ返りの気の強い娘でありました。水神様はちょうど百年ごとに花嫁を娶る儀式を行っておりましたから、今回はその娘を、と心に決め、人の姿を取って密かに家を訪ねたのです。

その時、庭で家の仕事などをしていた娘は、たいそう驚きました。いつの間にか庭の椿の木の陰に、見目麗しい見知らぬ若者が立っていたからです。

「どちら様ですか」

若者はゆっくりと口を開き、人としての仮の名を名乗ってからこう言いました。

「突然のお話で申し訳ない。ぜひあなたを私の花嫁として迎えたいのです。もちろん、暮らしに何の不自由もさせないつもりです」

若者は——水神様は、娘の潑剌とした美しさを改めて目の当たりにし、目を細めました。

娘は、どこか浮世離れした若者の美貌に目を瞬かせておりました。そうして少しだけ考え、珊瑚のような唇を開いて、急な求婚にはっきりと返事をしました。

その答えは——。

1話　秋の贈り物

　教室の中のクラスメイトを陰と陽とに分けるとしたら、自分は比較的陽に近く、幼なじみの村上天也は限りなく陰に近い中間地帯、という感じだろう。間美月はそんなことを考える。

「同じ中間地帯でも、全然ポジションが違うと思うんだよね」

　机の上に、くるりと指で大きめの円を描く。空いた窓から漏れる初秋の光と、カーテンの影とが含まれた円だ。

　美月はきっと、日が動くにつれ慌てて明るい側へ、人がいる方へと移動する方だ。そういう小心で不安になりがちなところを見抜かれているのか、何かと他人に頼みを持ち掛けられる。例えば、掃除の時間に後はよろしく、なんてことはしょっちゅうだ。それを断ることもできず、今日なども日直の代理を引き受けてしまっている。一方、天也は特に動じることはないだろう。自分のところに影が差しても涼しい顔で受け流すし、だからと言って周りがあいつは暗いと馬鹿にするようなこともきっとない。突き出された箒だって押し戻す。

昼休み、一年三組の窓際の席。いつも通りにふらふらと二年のクラスから遊びに来た天也が暇そうだったので、同じくらい暇だった美月は、そんな思いつきの話を持ち掛けてみた。周囲はいつも通りに少しだけ距離を空けてくすくす笑いながらこちらを見ているので、しっしっ、とふざけた様子で手を振りながら。

「二つに分けるって言ったのに、中間地帯を作るのはずるくない?」

天也は黙って聞き入ってから、開口一番にそういうことを言う。細い色白の顔。背はそれほど高くないが、細身なのでバランスは良い体形だ。少し長めのくしゃくしゃした前髪の下には、長い睫毛に縁取られた吊り上がり気味の目があって、そこから真っ黒い光の躍る瞳がじっと彼女を見ている。考えは読めない。

「ずるいかなあ、そう? そうでもなくない?」

黒っぽい子、というのが昔初めて会った時の第一印象、と友人に言ったところ、「なんであれを見て『顔がいい子』にならないの?」と呆れられたことがある。子供の頃はどうだったか、よく覚えていないが、突然高校に入ってから羽化したように美形になることもないだろうから、きっとずっと綺麗だったのだろう。なまじ小学生の昔からご近所で、よく知っているからこそ、慣れて見目の良さを受け流してしまっているのかもしれない。

「ずるいって言い方が嫌なら、美月らしい、でもいいよ」

「それ、私がずるいみたいじゃない？」

「別にそうは言ってない」

美月が口をへの字にすると、相手の薄めの唇が微笑む。こういうところだ。なんでもかんでもはぐらかしたり、曖昧（あいまい）なことを言ったりするところが天也の昔から腹立たしいところで、だから顔がいいとかそういうのは胡乱（うろん）な態度のおまけみたいなものだと思う。

友達がいないらしく、わざわざ一学年下の美月の教室に遊びに来るような、黒猫のようなマイペースさもまた腹が立つ。突然二年の、見た目にも目立つ先輩がふらりとやって来た時は周囲もざわめいていたものだが、もう『変わり者の美形と、なぜか気に入られている普通の子』で収まってしまった。それでも時々天也の一挙一動にキャー、なんて声が飛んだりする。

でもやっぱり、得だよなと思う。村上天也は、間美月のように周りの評判を気にすることもなく、堂々としている。間美月は村上天也のようにはなれずに、『でも、なんであの子なんだろうね』、なんて視線を受け流しきれずにいながらも、それでもどうにか楽しくやっている。

「ずるいで思い出した。天也、こないだもなんかやったでしょ！　ちゃんと聞いてるんだからね」

先日切ったばかりのミディアムボブの髪を振り、少し得意げな顔をしてやる。こっちだって目立つ幼なじみの噂の一つや二つくらい、耳に入っているのだ。

「僕？　どれだろう。野球部の奴が毎日後輩に荷物持ちさせてるから、先生とばったりさせたやつかな。あれはタイミング合わせがシビアで」

「それ知らない」

腕を組んで考え込む天也に、美月は初耳です、という視線を送った。

「地味な女子が告ってきたから弄んでやろうとか言ってた奴の話？　大丈夫だよ、あれはちゃんと悪い噂流して、女子の方から引かせたから」

「それでもない」

普通に忠告をすればいいのに、と呆れてしまう。

「じゃあ、なんかイジメになりそうだったとこに水を差したやつ？　『遊んでるだけ』とか言ってた」

「それ！　なんかキレてた子がいたよ」

校舎裏の人のいない辺りで、女子のグループ数人が大人しい女子にちょっかいを出していたのだと聞いた。最初は軽く触るような脅しが、徐々に強くなり、やがて暴力になるのはよくあることだ。『遊んでるだけでしょ』『なんで泣いてるの』そういったやり取り。だが、その時は突然飛び込んできたサッカーボールの一撃で遮られた。慌てて避けたリーダー格に、ボールの主は——黒っぽい印象の、何を考えているかわからない目をした、綺麗に整った顔をした男子はこう言ったのだという。

『ごめんね。遊んでただけなんで』

「いいことしたんだけどな」

当のキッカーは、今美月の目の前で軽く目を伏せている。考えは読みにくいが、おそらく反省をしているのではない。疑問に思っているだけだ。何かいけないことがあったろうか、と。

「いいことかもしれないけど、やられた方は天也のこと、敵だと思うわけじゃない。逆うらみされたら怖いでしょ。もう、なんで高二の先輩にこんなこと言わなきゃならないのかな……」

「上手くやってるよ。大丈夫」

天也はどうしてか、上の立場が下の立場に何かを強要するようなことが大嫌いで、時折こうしたトラブルを起こす。そうして、いつも飄々としている。陰の方に入れられたって何も気にしないぞ、とばかりに。

いつも陽を追いかけて、そのぬくもりの端に座ってほっとしているような平凡な美月にはよくわからない。わからないが——。

「わかんないから、いいなあって思うのかな？」

「ん？」

紙パックのジュースを飲みながら、少し考える。

不平をこぼしていた女子本人はともかく、その周りの生徒たちは、皆どこか羨望を含んだ目をしていたように思う。今、遠巻きに二人を見ているクラスメイトたちと同質の視線。

「天也は皆にこう、憧れられてるでしょ。別格みたいな」

「何だそれ。なら、貢ぎ物でもくれればいいのに」

「物目当てみたいなこと言わないでよ」

「美月はたまに菓子を分けてくれるし」

「えっ、私も物目当てで仲良くしてるの？」

嘘だよ、と笑う。美月もつられて笑ってしまった。笑いながら考える。

私がさっき中間地帯なんてところをわざわざ作ったのは、そんな天也と一緒にいられるところが欲しいからなんだよ、と、それは何となくむずがゆくて、言えそうにないのだけれども。

その時だ。

ことん、と床に音がして、視線の先に何かが転がった。

「なんだろ」

消しゴムか何かかと思い、机の脚を避けるようにして拾い上げると、それは手のひらにちょこんと載る、それこそ消しゴム程度の大きさのただの石ころだ。ただ、見たこともない薄い緑色をしている。白い縞が間に川のようにうねり、かさかさと乾いた砂のようなものがこびりついているのが少し気になった。

「ただの石だよ」

天也が軽く手を目の上にかざすようにして言う。時々やる癖だ。

「綺麗だから、この辺の席の誰かが拾ったのかな。それとも別のところから蹴られたのかも」

後ろに置いておくね、と立ち上がろうとしたところで、天也がなんとなく不審げに、形のいい眉を顰めているのに気付く。

「天也のだった？」

「いや、全然。見覚えない。置いとけば誰か持ってくだろ」

なんだろう、と思いながら、ロッカーの上にころん、と石を転がす。宝石というような透き通った輝きを持つものではないが、淡い色と白の縞が混じり合った様はやはり綺麗だ。拾ってしまう気持ちはなんとなくわかる。

美月は何か言おうとした。子供の頃はよく石、拾ったりしたよね、とかいう話だ。

でも、そんな懐かしい話題を出す前に、少し窓の外を見ていた天也が滑り込むようにこんなことを言い出して、それで、美月の感傷はすっと弾き飛ばされてしまった。

「今日から一緒に帰らない？」

当たり前のように言ってから、少しだけ首を傾げ、そうして立ち上がると、つかつかと美月に向かって歩いてくる。右手を伸ばして、ロッカーの上に手を置いて、美月にぐいと綺麗な顔を近づけて、こう言い直した。

「今日から一緒に帰るよ」

目をぱちぱちとさせた。天也は時々おかしな行動に出るが、これはあんまりだ。だってこれでは……どこかで読んだ恋愛漫画の王子様役みたいだ。実際、離れた席で話していたグループが、きゃあ、などと声を上げている。きゃあじゃないよ、皆の前でこんな距離が近いことをされている私の身になってよ！　と叫びたいくらいだった。端整な顔の圧がすぐ目の前にあるのって、慣れているはずの相手でも物凄い緊張感だ。

「な、なになに、一緒にって何？　なんで決定事項なの？　ていうか、このアクションは何？」

「少し強引な方が女の子はグッと来るって書いてあった」

「何に？」

「この間読んだ恋愛漫画……」

やっぱり漫画じゃないか！　と顔が熱くなるのを感じながら、腕を横に避けた。天也は、反応がおかしいな、という顔をしながらもう一度同じことをやろうとする。その手首を押さえるようにして止めた。これ以上はさすがに熱が出そうになる。

「まず、まずね。漫画を実際の参考にするのはダメ」

「そうなんだ？　結構読んじゃった。面白いから」

「あれはお話だからいいの。あと、書いてあった、とか言っちゃうのはかなりダメだよ。ネタばらしみたい！」

「なるほど、興ざめするのかな……」

しごく真面目な顔で頷いている。実際はそれなりに効いていたのだが、乱発されてはたまらない。……特に、自分以外には。美月は、自分の中に小さな独占欲のようなものを発見して、少しだけ驚いていた。

「そう。あと『女の子』ってひとまとめなのも全然ダメ。今は個性の時代だからね。第一、その誘い方はなんていうか……」

少し考える。先ほどの独占欲みたいなものがちくちくするのは、少し無視をして。

「好きな人用に取っておかないと」

こちらの方が先輩のような口調で、気をつけなね、と言うと、天也は微かに目を細め、うなずく。容姿は申し分ないのだが、この幼なじみはどうも感情の機微に疎く、こういうぎこちない言動をしがちだ。

「次は気をつける」

『次』のことを考えると、またちくちくが始まった。顔も名前も知らないその子に話しかけている天也の袖を引っ張ってやりたいような気持ちになる。行かないで、と想像の中の美月は小さく呟いていた。でも、それは子供っぽいわがままだ、とぐっと抑える。代わりに、じゃあ帰り、掃除終わった後ね、と提案には応えることにした。

一緒にいられれば嬉しいし、いられなければ寂しい。今回は、天也といられる中間地帯が意外なところで広がった、という気持ちがしたのだ。一つ年上で、見た目も麗しくて、皆の憧れの対象。幼なじみとはいえ高校生になってもずっと仲良くできている方が驚くべきことだと思う。いずれは天也は、袖を引っ張りもできないような距離に、勝手に行ってしまいそうで、寂しかった。だから、今この時は嬉しい。これは素直な気持ちだ。

その時はまだ、美月はのんきな気分で、一緒に帰るなら何を話そうかな、などとぼんやりしていたのだ。石のことなんてすっかり忘れていた。せいぜい、なんでまた天也が突然誘ってきたのか、それが気にかかるくらいだった。

しかしその日、放課後に至るまでに、緑色の石は美月の周りに三個見つかっていた。四個目は、校舎から外に出た瞬間にすぐ上空からぽとりと降ってきて、コンクリートの床にころりと転がった。

「やだ、カラスか何か？」

誰かが言っているのが聞こえた。美月は、三個目までは偶然、とさっき唱えていた何の意味もないおまじないを口の中に閉じ込める。

四個目も、多分気のせいだ。天也が来るまでは、強いてそう思おうと心がけていた。


待ち合わせの時間になったあたりで、何度目かのこつん、という音がした。

「まただ」

美月はそろそろ無視もできなくなり、しゃがみ込んでよく見ようとした。

「やめとけよ。汚れるよ」

天也の声がしたので、美月はそちらに目をやる。他と違わないブレザーの制服で、髪だって癖っ毛が少し自由な感じに伸びている程度のはずなのに、天也はどうもいつもなんとなく黒っぽい、というイメージがある。前髪が下りて軽く影になり、そのせいで逆に瞳（ひとみ）の色が際立って見えるからだろうか。

「清潔感、大事」

こん、と天也は革靴で緑の石を蹴る。石は楽しそうに歩く女子グループの足下に転がり、そのままどこかへ行ってしまった。その雑な扱いに、少しこわばっていた気持ちが楽になる。

「別にアイドルとかじゃないし。それより天也もそろそろ髪、切りなよ」

「美容院は……、喋るのはあんまり好きじゃないな」

「私も」

でも切りには行きなね、と歩き出す。二人の家は校舎から出て駅とは反対側に十分ほど歩けば着く、気楽な徒歩圏内だ。元よりこの学校を選んだのも、通学が楽、というのが一番。天也はもう少し先のことを考えて選んだのかと思ったら、「時間は移動以外に使いたい」のだそうだ。

重たそうな黒い門を抜け、住宅街に入っていく。その時にまた、爪先は小さな石を蹴り飛ばした。

「ねえ、またあの石が……」

「美月」

何があったのか、突然ぐい、と腕を掴んで引かれた。

「今日は、こっちの道通って帰るよ」

いつもはあまり使わない、アーケード下の古い商店街を通る道だ。

「何？　肉屋さんのコロッケでも食べるの？」

普段は途中にあるスーパーやコンビニで買い物を済ます。少し遠回りして商店街に寄る用事など、揚げたてのコロッケやメンチカツをこっそり楽しむことくらいしか思い当たらなかった。

「食べたきゃ食べてもいい」

「そんなにお腹は空いてないけど……？」

視界の端に転がる石を追おうとして、また腕を引かれる。どうも今日の天也は様子がおかしい。

「石、拾って持ってたりはしてないよな」

「うん、綺麗だけど別に欲しくはないし……」

「それでいい。多分あれ、受け取っちゃダメなやつだ」

振り返る。点々と石が三つほど、美月の通った後に転がっている。野良猫が通りかかって、石を蹴って路地裏に消えた。ヘンゼルとグレーテルの話に、あんなのがあったな、と思う。

ぞっとする、というほど恐怖したわけではない。あの石を巡って何か惨事が起きたわけでもなし。ただ、不穏さだけが目の前に転がっている。それをはねつけるように、白いアーケードの下に足を踏み入れ、ことさらに元気なふりで声を出した。

「受け取るってどういう意味……？」

その言い方は、まるで……。

「誰かが渡しに来てるみたいな感じだよね」

変なの、とどうにか笑ってみせた瞬間、頭上でことん、と音がする。

「………」

見上げると、そこには何もない。屋根に何か小さなものがぶつかって音を立てたような、それだけのことだろう。

「今のは……？」

「行こう」

また腕を引かれる。手を繋ぐというには乱暴で、腕だけを取られた状態で引っ張られていく。

ことん。

ことん。

こと、こと、ことん。

数少ない通行人も、それほどその音を気に留めている様子もない。半年前に閉まった布団屋のシャッターの前を行く。寂れた電気屋、手芸洋品店、古着屋。

何かが屋根にぶつかる音は、少しずつ、少しずつ、大きくなる。

「美月」

彼女の腕を引く天也の手に、少し力がこもっているのを感じた。

「屋根の下、出る時、気をつけて」

「……うん」

雹がぱらりと降っているような音が続いている。上に登って見てみたら、そこにはあの石が転がっていたり、下の地面に落ちていたりするんだろうか。自分が原因なのか、それともこの辺りに妙なことが起きているのか、案外説明のつく自然現象だったりするのか。わからない。わからない。

怖い。

ばらばらばらばら、ざあっ。

美月の気持ちを読んだかのように一際大きな、夕立の降り始めのような音がして、彼女は屋根を見上げた。アーケードの屋根は白く、透けてこそいないが外の光がある程度通るようになっている。そこに、黒い粒の塊のようなものが見えた。それから、ずるりと這うように外へと抜けていく、黒い長い尾のような影も。

「……何？　今の」

「見ない」

ぐい、とまた引かれた。見なくても、今の一瞬だけで嫌なものがいる、とそれがわかってしまう。屋根には黒い汚れのような跡が残っていた。美月の胸の中にも、這うような気味悪い跡がなすりつけられたような気がした。それは、今手を引いている天也にもほんの少し。

「天、天也は何か知ってるの？　なんで？　わかってること教えてもらえない？」

商店街の出口で、天也は一度だけ立ち止まった。

「……うまく言えない。説明、苦手なの知ってるだろ」

「でも！」

「僕も詳しくわかってるわけじゃないから。ただ……」

少し口を閉ざし、また開く。猫が鏡の中の自分でも見つめているような、自分の言葉に自分で戸惑っているような、不思議な表情だった。

「美月を守りたいと思ってる、それだけは確か」

「だから、何がどうなって守らなきゃならないのかっていう……」

天也はそれだけ言うと、アーケードの外へと飛び出した。

ざら、と石が何個も何個も降ってくる。それは、遅れて外に出た美月には一つも触れることはなかった。

「とりあえず、打ち止めかな」

天也は額を拭う。赤い血で手の指が薄く濡れた。

「ぶつかったの？　大丈夫!?」

「かすっただけだし、大して痛くもなかった。大丈夫」

灰色の地面には、ころころとまた薄緑の小石が転がっている。軽く爪先で蹴ってしまい、少し後悔した。

先ほどの石とは違い、美月の足下にあったそれは、べったりと半分が黒い泥で覆われていたからだ。

蹴った革靴には微かにその残滓がこびりつき、アスファルトに何度こすりつけても取れないような気がしていた。今の暗い気持ちと同じように。

「……帰ろう」

天也が促す。

「また今のみたいなのが来たら……」

「来る前に、さっさと帰ろう。屋根があれば大丈夫」

仕方なく、足を踏み出した。上を警戒しながら歩いていたら、通りかかりの子供に笑われたりもした。天也の言う通り、石はもう来ない。

「ねえ、天也は今の……」

同じことをまた尋ねかけて、口を閉ざす。どうせ教えてくれないのだろう、と。

「良くないやつが、悪さをしてる。それだけは言える」

「それだけって……知ってて言えないこともあるの？　良くないって何？」

天也がくしゃくしゃと頭を掻く。それは彼が困った時の癖だと、昔からよく知っている。

道は、いつの間にか美月の住むマンションの前にたどり着いていた。美月が幼稚園の頃から住んでいる家だが、最近塗り直したおかげで見た目は小綺麗な白い建物だ。

「ここまで来れば安心だから。急いで帰るといい」

「天也は大丈夫?」

うん、と当たり前のように頷かれた。

「危ないのは美月だから。僕は平気」

そうして、少し目を伏せる。憂いのある顔がいいよね、とクラスの誰かは騒いでいた気がする。美月からすれば、天也は笑ってくれている時の顔の方がずっといいと思う。

「僕が危ないので済むなら、その方が良かったんだけどな」

「え?」

「いろいろ、ごめん」

軽く顔を下げると、ちょうど美月と目と目が合う。まっすぐ射ぬくように見つめられると、息が詰まるようで、何も言えなくなってしまった。

「でも、僕はずっと美月の味方だから。それだけは信じて」

それだけ言って、ふっと微笑む。あ、そうだ。この顔だ。この顔が好きなのだ。美月はその雪解けみたいな笑顔を承認するような気持ちで頷いた。

「……わかった。今はそれでいいや。話せる時に話して」

でも、良くないやつ、ってなんだろう。ごめんってなんだろう。なんで天也がそれを知っていて、関わってでもいるような言い方をするのか。風呂(ふろ)上がり、美月は急いで髪を乾かして、あまり広くはないが快適な自分の部屋に入る。天也はなんだか映画で見るような悪霊でもいそうな口ぶりであったが、そんなことあるものだろうか。そもそも、天也に霊感だとか、そういった能力があるとは聞いたためしがない。騙(だま)されたのだろうか。からかわれている？　そのわりには、実際起こった現象は不可解で、いたずらで起こせるようなものでもない。精一杯現実寄りに考えて、鳥が石を落としてきたか、風か何かで大量の石が運ばれてきたか、というくらいだろうか。それにしても、自分のところにだけ落ちてくる、というのは妙だ。

ベッドに腰掛けて、枕元に置いた大きめの熊のぬいぐるみを引っ張ってくる。抱き締めるのはなんとなくやめて膝(ひざ)に載せ、肩のあたりをぐにぐにと手で揉(も)むようにしてやる。

「なんか疲れましたね、お客さん」

　子供の頃から大事にしていたぬいぐるみで、名前はトム次郎。少しくたくたになって綿が寄っているが、定期的に洗って綺麗にしてやっている。これも大事な幼なじみだ。

「帰ってからは何もなかったし、もう終わりだといいんだけどなあ。ねえ、トムくん」

　うん、とトム次郎に頷くふりをさせる。ただのお遊びだが、少しは心が晴れた。

　居間では両親が何かテレビ番組を見て楽しげにしている。自分も面白い動画でも探して気晴らしをするか、それとも居間に合流して安心するか。両親に石の話をしても、受け入れてもらえるかどうかはよくわからない。あまりファンタジーやオカルトに興味を持つような印象はない。そうなると――。

　思い悩んでいると、しばらくして玄関の方で、数回ノブが回される音がした。それから、ややあって鍵を開ける音。

「ただーいまー」

　少しだけ遠慮がちな声が廊下から聞こえる。一瞬、どきりとしてしまったが、何のことはない。そうだ、少し離れた駅の大学に通っている三つ違いの兄が帰ってきたのだ。

「公太、遅い」

母親の声がした。

「連絡はしたし……。ああ、そうだ」

廊下を行く足音。どさ、とソファに鞄を置く音。やりたいことはそれなりにあるが、顔だけは見せようか、それともいっそ今日の相談をしてしまおうか。トム次郎の手を握りながら考える。公太は歳のわりに過保護で、毎日のように美月の顔を見てはにこにこと喜ぶ、よくわからない兄だ。別に喜ばせること自体は嫌ではない。早く大学で趣味の合う彼女でも見つければいいのに、とは思うけれど。

「なんか外の通路に小石がいっぱい転がってたよ。綺麗なやつ」

ぼんやりとしていた思考が、急に覚めた。

「ベランダのプランターとかに並べるといいのかな」

「何それ、子供のいたずらじゃなくて?」

「さあ? 一個拾ってきたけど、これ……」

パッと立ち上がり部屋から出て、半分開いたままの居間の戸を押し開けると、なんだ、寝てたんじゃないのか、と父親が眼鏡を押し上げてのんきな声を上げた。

「美月だ。トムくんも。兄さんだよ」

白いシャツを着た兄の整った明るい顔つきが、ぱっと嬉しそうに輝く。陰と陽なら、間違いなく誰でも陽に分類するような、社交的な青年だ。少し人を選びそうな感じの天也と比べると、万人向けという印象が強い。実際、様子を見ていると、男女問わず知り合いが多く人気があるようだ。本人は妹を構うのに一生懸命、という感じではあるが。

そして美月は、自分がぬいぐるみを子供のように抱えていたことに今さら気付いた。

「それ、ちょっと見せて」

「いいよ。欲しければ外にたくさんあったし」

兄の大きめの手の中にあると、石はさらに小さく見える。ほぼ乾いたかさかさした砂で汚れてはいるが、やはり緑に白の縞がうねうねと入った、さっきと同じ石だ。

「これ、もしかしたら翡翠じゃないかな。原石」

公太が石を見つめて、目を細める。

「翡翠？」

「ちゃんと磨いたら、価値があるやつかもしれない」

「……価値があっても、怖いよ。勝手に置かれてたんでしょ？」

美月の様子に、公太が少し変な顔をした。

「何かあったか？」

少し逡巡する。それで、兄を廊下に引っ張っていくと、同じ石を今日何度も見たこと、なんだか追いかけられているようで怖いと感じたこと、などを簡単に話しておいた。

「考えすぎだとは思うけど、怖いのは嫌だよなあ」

人好きのする顔を優しく緩めて、公太は美月の頭をぽんぽんと撫でる。

「子供じゃないんだから」

美月が一歩下がって口を曲げると、公太は代わりにとばかりにトム次郎の頭に手をやった。なんでもいいのだろうか。

「次見かけたら気をつけておくから、安心しな。大丈夫大丈夫」

「……翡翠って、そんなにいい石なの？」

「まあ、ちゃんとしたやつはね。日本じゃほとんどないけど、産地の近くの海岸とか河原でたまーに見つかる。磨いたら綺麗だよ。宝石だし」

「宝石かあ……」

仮に、今日降ってきた石全てが数万は下らないような石だったとして。いくらでも拾っていいよ、とばらまかれたものだとして。

「だとしても、やっぱり嬉しくはないな……」

靴にこびりついた泥の汚れを思い出す。自分の行き先にべったりと、黒い汚泥がなすりつけられたような気分だった。

「怪しいやつがうろついてないかとか、いたずらしてる子がいないかとか、ちゃんと見とくから。管理の人に話すのもいいかもな。兄さんに任せなさい」

兄がそう言ってくれるのがせめてもの救いだった。

さすが、普通にモテる人間は違う、と思う。

（天也もさあ、こういう風にすればいいのに。漫画の真似なのかもしれないけど、守りたいとかふわっとしたことを言う前に。あとは、とにかく知ってることを教えてくれればいいのにな）

美月は外の廊下に石を捨ててもらうと、トム次郎を連れて部屋に戻る。特に何が解決したわけでもない、むしろ少し事態は悪化しているくらいなのだが、ともかく彼女はそのままゆっくりと眠りに落ちていった。


夢の中で、美月は緑色の翡翠らしき石で埋め尽くされた河原にいて、暗い川面をじっと見つめていた。右手がずいぶん重いので目をやると、トム次郎が少し悲しそうな顔で彼女を見ている。腹の縫い目が裂けて、なかからごろごろとまた石が転がり出す。悲鳴を上げて一歩後ずさると、嫌な柔らかさを感じた。黒い泥が足を受け止める。しまった、と思った瞬間にずぶり、と足は沈んでいく。昔読んだ童話のようにずぶずぶと沈んでいきながら、美月は手を伸ばし、助けて、と言おうとした。

誰に対しての言葉だったのかは、自分でもわからなかった。

次の日は、放課後に手芸部の部活動があった。昼休みに天也は、後で迎えに来るから、とそれだけ言ってさっさと二年の教室に帰ってしまった。心細いんだけど、とは言ったものの、そういった機微に疎い天也に伝わっていたかどうかは怪しい。

手芸部の部員は十人に満たず、それぞれの学年の仲がいい同士に分かれてなんとなく好きなものをちくちくと作ったり、お喋(しゃべ)りで手が止まったり、いろいろだ。あまり一同熱心に励んでいる部活という様子ではない。それでも美月はやはり頼みを断り切れずに一年生のまとめ役のようなポジションを押し付けられ、それもあって比較的作品を提出している方だった。いつかぬいぐるみに挑戦して、トム次郎の弟か妹を作ってやるのが夢だ。

「眠い」

彼女と同じく一年生の、特にやる気のない部員である金城千歳(かなぎちとせ)が机に肘(ひじ)をついた。

見た目は短めの黒髪に眼鏡で、セーラー服も真面目に着こなしているのだが、さらりと揺れた髪の合間からは、右耳に透明樹脂のピアスがふたつほど覗(のぞ)いている。バレないようにこっそり着替えて夜に遊びに行き、静かに帰ってきてはまた大人しいお嬢さんの振りをしているような、そういう子だ。

「ちーの場合は自業自得だと思うなあ」

横で丁寧にちくちくと花の刺繍を進めている、やはり一年生の女子は大友春瑠菜。

長い髪は明るい色に染めているせいで、少しぱさぱさしている。こちらはいかにも派手な雰囲気で、スカート丈も心配なくらい短いのだが、意外にも男子とどうこうなったことはないいし、今後も特に希望はしない、のだそうだ。ファッションはあくまでクラスの女子に溶け込むため、とのこと。

「昨日も彼氏とデートだったんでしょ」

「うっさい」

要するに二人とも、自分の居心地をキープするために少しだけ外見をごまかしている子で、美月が昨日天也に話した中間地帯の話題などにもそれなりに理解を示してくれる、そういう友達だった。半端者仲間、と言ってもいい。三人揃って中学からの友人で、示し合わせてそれなりに楽しそうで時間もありそうな手芸部に入った。目論見は今のところ成功している。

「ていうかもう昨日付けで彼氏じゃなくなったし、それでこじれて遅くなったんだってば」

千歳は顔を上げた。目つきが悪いのは眠気というよりは、単純に機嫌が悪いのだろう。

「え、まだ一ヶ月だよね？」

美月はアップリケを縫いつける手を止めて、思わず尋ねてしまった。千歳の移り身はいつも感心するほど素早い。相手は大体年上で、今回も美月の兄と同じくらいの年齢だったはずだ。

「むしろ一ヶ月もあいつに費やしてたの……って思ったから、やめた。向こうは未練たらたら」

「かわいそうー」

春瑠菜はのんびりとした口調で、こちらは手を止めずに次々に赤い花を咲かせ続けている。

「あいつしつこいからなあ。親バレとかはないと思うんだけど、やだやだ」

「バレて困ること、しなきゃいいんじゃない？」

「ほらあ、みっちゃんが正論を言ってるよお」

きゅっ、と絞られるように春瑠菜の赤い糸が引かれた。

「第一、最初の方はキャーッて言ってたよね。背も高いし、すごく優しいし、って」

「美月はぼんやりしてるわりに、よく覚えてるなあ……。それはさ、ほら、いろいろ貰(もら)ったから……」

少し前まで、千歳の鞄(かばん)には年齢に合わない雰囲気の、チャームがついたピンクゴールドチェーンが揺れていた。ブレスレットを腕に飾る代わりに鞄につけていたのだ。飾り気のない黒い鞄に、その細いきらめきは実に大人っぽく、素敵に映ったものだが。

いつからか、その飾りは取り去られてしまっていた。きっとその辺りで『冷めて』しまっていたのだろう。

「あのアクセだけじゃなくて、ほんとにいろいろくれて。本とかインテリア的なやつとか。最初はそれは嬉しいよ。でもなんか、だんだん……怖いっていうか。押し付けられてるみたいな気持ちになって……」

あれ、と美月は何か心当たりがあるような、不思議な気持ちがした。自分の中の、何かひんやりした壁にぶつかったような。

「もらったアクセ見てたら、ふっと、これ、あたしに似合うかもしれないけど、別に好きじゃないなって思っちゃったんだよね。で、ちゃんと言ってみたんだけど、止まんなかったんだ。プレゼント攻撃」

安いものでもないのに、と思うと、怖くなってきたのだそうだ。

「辛かったねえ」

春瑠菜がしみじみと言い、針を布に留めて置くと、千歳の頭をぽんぽんと撫でる。

「いや、別に辛かないけど……めんどくさいだけで。まあ、次の相手のアテはあるから、そのうちこの件も流れるでしょ」

「さっきのはなしで。自業自得」

「自業自得だよ、その態度は」

そうかなあ、と千歳は、眼鏡の奥に隠れた大きな目でぱちぱちと瞬きをした。

「あれ？　美月、なんかあった？」

目が金魚みたいに泳いでるけど、と首を傾げられた。そんな自覚のなかった美月は、それを聞いて少しだけ考える。何かが繋がりそうな気がしていたのだ。

「そういう……プレゼントみたいなのって、普通は喜んで欲しくてやるものだよね」

「普通はね」

美月も、家族の誕生日には軽いプレゼントを贈る。最近は手製の刺繍をした布製品などが多い。物自体が問題なのではなくて、『あなたのことが好きで、喜んでもらいたいので形にして差し上げます』という気持ちが大事なのだろうと思っている。貰う方にその気持ちが伝わるかどうか、そこが重要なのだと。

「でもさ、もういいって言ってるのに止めないなら、それは喜んで欲しいとか、相手のためにとか、そういうのじゃないでしょ」

「ちーはちゃんと言ったんだもんねえ」

「言ったよ。結構バシッと言ったよ。でも次に会った時に『ああ言われたし、ちょっと雰囲気違うやつにしてみたんだ。開けてみて』って、それはなんか違うじゃん？」

うー、と千歳は机に突っ伏す。危ないなあ、と思ったが、幸いなのかどうか、今日はまるでやる気がなかったようで、裁縫道具すら出してはいない。怪我の心配はなさそうだった。

「……好きだったんだよ。ちょっとの間だったけど」

「うん」

春瑠菜がゆっくりと相槌を打つ。

「好きだったのが、なんか、ただの嫌な気持ち悪いやつになっちゃうのは、やだなあ……」

うんうん、と美月も作業に戻るのは止めて、その日の部活の間はひたすら、気が強いように見えて落ち込みやすい、難儀な友人を慰めていた。

「それでね」

その日の帰り道。初秋の空には、夕暮れの翳りが微かに漂っている。仲が良さそうな親子が、影踏みをしながら行き過ぎていく。石の様子はどこにもなく、少し安心した美月は、隣を行く天也に先ほどの話をしてみた。名前は伏せたが、彼女たちと面識がないわけではないから勘づかれてはいるかもしれない。

「大変だなって思って。いくらいい物でも、欲しくもない物をどんどん貰ったら、それは嫌になっちゃうよね」

「貰った物は、どうしたの。その子」

「まだ家にあるけど、もししつこいみたいなら全部まとめて返す、って言ってた」

「返す、かあ……」

なるほどね、と呟く。何がなるほどなのかはよくわからない。

「でも」

天也が立ち止まって、少し不思議そうに言った。

「そういえば、なんでそんなに嫌なのかな」

「え？　プレゼントが？」

そう。だって、物を貰ったら嬉しくて、そこから好きになったりはしない？　天也は心底疑問らしく、じっと艶のある黒い目で見つめてくる。

「だって、天也だって、例えばめちゃくちゃ趣味の悪いTシャツとか貰って嬉しいと思う？　全面に宇宙が描いてあって、銀のラメが散ってて、そんで蛍光ピンクで『ようこそ』とか書いてあったりするようなやつだよ」

「『ようこそ』って」

くつくつと笑いながら、それでも少しは理解してくれたようだった。

「一回なら趣味合わないなあで済むけど、断った後でもずっと変なTシャツばっかりくれる人だったら、私は嫌だな」

「趣味が悪いならそうだけど、じゃあ、宝石とかは」

色の白い、骨張った手を、何かを掬うような形にして天也は言う。そこには何もないが、色とりどりの金銀財宝のきらめきが、幻のように浮かんで見えたような気がした。

「あれなら誰にでも価値があるよね。見た目も綺麗だし、売ってしまってもいい」

「高校生相手に宝石をくれる人、逆に怖くない？」

ちょっとしたアクセサリーだけでも千歳は持て余していたのに、そんな物を貰っても、という気がしてしまう。物語では、人は欲をかいて財宝を追い求めたりしているが、現代日本で平和に暮らす十六歳には、まだ大人のような欲がしっかりと育ってはいないのかもしれない。不釣り合いだ、怖い、と思ってしまう。

「貰った物を即売るのもダメだよ。せっかくのプレゼントなんだし」

「ダメかあ」

今日はこっちの道を行こう、と、昨日の商店街とはまた別の方を指す。少し遠回りの方向だ。

「公園通っていこう」

「いいけど、それもあの石のせい？」

今日は何もなかった。だが、天也はまだ油断をしていないようだった。美月はあえて強がってみせる。

「ほら、もう石も尽きちゃったのかも。たまたま偶然であいうことがあったけど……」

「尽きちゃったらまた全部拾うよ、あいつ。それでまた美月に渡しに来る」

家の近くまで来たんだろ、と天也は思わぬ真顔を見せた。

「あいつ？」

「石の持ち主。そういうやり方かって、今の話でようやくわかった」

「そういうって、何。急に何の話？」

広めの公園の入り口に差し掛かる。木に囲まれた大きな広場が真ん中にあって、斜めに横切っていけば家の近くの道へとたどり着ける。普通の公園よりもバラエティに富んだ遊具が備え付けてあるから、子供の頃は、よく遊んだ場所だ。

ざわざわと、風に梢が鳴っている。木の葉が落ちるには、まだ早い季節。空は少しずつ赤みを帯びて、暗くなり始めている。木立の陰が黒く、黒っぽい天也はそこに溶け込みそうに、沈み込みそうになっていた。

「変なこと言うけど、びっくりしないで。あいつ、美月にプロポーズしようとしてるんだよ」

世界が、ぐるりと回転して、傾いたような気がした。

「プロポーズって……？」

少なくとも、高校生で聞く言葉ではないと思う。もう少し、恋とか愛とかを経由してからがいい。得体の知れない相手からならなおさらだ。

「そもそもあいつ、あいつって誰！　やっぱり知ってるんでしょ」

「知ってると言えば知ってるし、もうあんまり知らないと言えば知らない……」

少し考える様子を見せる。

「ごめん、あんまり詳しく話すと、美月が余計危ないんだ。とにかく、普通に人間ではないし、ああいうことする奴だから、危険」

人間ではない。予想はしていたが、実際に言われると頭の中が真っ白になりそうだった。幽霊とか、妖怪とか、そういう何かが相手なのだ。

「美月は、嫌なんだよな。あの石」

「ちょっと待ってね」

混乱しながら、頭の中を整理する。正体不明の化け物か何かがいて、天也はそれを多少は知っている。美月は何も知らずに、それから求婚（！）されている。どうやら、あの石もそれに関わりがあるらしい。

「……あれ、もしかして、プレゼントなの？」

「多分」

「あの石が？　だって、それはまあ、綺麗だけど……」

(これ、もしかしたら翡翠じゃないかな。原石)

公太の言葉が脳裏によぎった。

(じゃあ、宝石とかは)

さっき天也が言っていたのも、そんなことだった。

「もしかして本当に、宝石――翡翠なの？」

「多分。少なくとも、向こうは価値があると思ってる、はず」

天也は少し道路の方に出て、何かを蹴り飛ばした。

こつん。

そこには一つ、あの小さな緑色の石が転がっていた。

「翡翠だったら、美月は欲しい？　好きになれそう？」

「いらない」

反射的に首を横に振る。いくら綺麗な宝石だとしても、無言でばら撒かれて、天也は軽いとはいえ怪我もして、そんな物は、いらない。相手が化け物であるとか、それは一旦置いておいて、そんな態度は願い下げだ。いかに頼み事を断れない美月であっても、だ。

れているように。

ぐい、と天也があの商店街の時のようにまた腕を引いた。力強く、美月を守ってく

「いらない。私、私は……」

「絶対に、お断り！」

ざあ、と美月が立っていたその場に、勢いよく小石が叩きつけられる。それには黒い泥がこびりついていて、地面で跳ねて、美月の頬に小さく染みをつけた。

天也は美月の手を引いて公園の中に飛び込む。石は同じくいくつか降ってきてはいるようだが、木の枝に阻まれて力弱く落ちるだけだ。しばらくはどうにかやり過ごせそうだった。さっきの話なら、いくらでも無限に石があるようでもないし、このまま公園の中にいれば。幸い、周囲には他の人はいない。

美月は土の上を走りながら、視線を上にやった。

夕暮れの光をレース編みのように通していたはずの枝葉の隙間が、塞がれて真っ暗になっている。何かが上にいるのだ、とそれだけはわかった。

「天也、天也、あれ……！」

「見てもいいことないよ。走って。さっき断った気持ちを覚えていて」

天也はまた、手を目の上にかざして何か見ているようだった。

「だって、なんか、黒いのがいる……！」

「走って」

ぎゅっ、と天也の手に力が入る。足がもつれそうになりながら、せめて、前に前にと動かそうとする。葉ずれの音は、夕暮れのそう強くもない風のためだけではない、上にいる何者かが動くことでもひき起こされているようだった。

それが、ざ、と一際強くなり、止まった。

天也と美月は、慌てて勢いを殺し立ち止まる。上から、何かずるりと闇夜のように真っ黒な塊が降ってきた。いや、今もまだ上からぶら下がっている。木陰もあって、人一人よりは大きいくらいの空間が、黒で塗りつぶされてでもいるかのようだった。

そこから、たらり、と滴のようなものが地面に落ちる。泥だ。多分、石についていたのと同じものが。こいつが、と思った。思ったその時、黒い塊の中央に、大きな裂け目が開いた。

ちょうど口のようなその裂け目の中には、ざらざらと緑色の石が詰まっている。端からぼろぼろとこぼれ落ち、地面に転がる。

二人は、ゆっくりと振り向いて、そのまま反対方向に逃げ出そうとした。しかし、そちらには黒い細い尾のようなものがやはり垂れ下がっている。塊は長く伸びて、手のようなものは見当たらない。蛇のような形をしている、そんな印象だった。

黒い蛇は、口のような部分を何度か開け閉めする。歯や牙（きば）はなく、中に赤い色が見えているだけだった。そうしてどこか苛立（いらだ）たしげに首を振ると、中の石を全てざらざらと吐き出してしまった。

さあ、と耳元で声がした気がした。それは全てあなたのものです、と。

見てみても、やはり石だ。半ば泥にまみれて、地面に転がっている。磨けばどうなるかは知らないが、そのままで美月が惹（ひ）かれるようなものではないし、押しつけられれば余計に腹が立つ。

「美月の力がいる。さっきみたいに、断るならちゃんと断った方がいい」

天也の手が、肩に置かれた。

「自分で言わないとダメなんだ。ほら」

「……いらない」

首を小さく横に振る。

「いりません。もう諦（あきら）めて！」

蛇の影が、不気味に押し黙ったまま美月の方へと身体を伸ばしてきた。二歩後ずさって、石ころを踏んで立ち止まる。

「い、いらないっていうのは石だけじゃなくて。こういう風に押しつけられても困ります！」

「もう一押し、頑張って」

「贈り物自体が、迷惑！」

お腹に力を込めて叫んだ瞬間、ざ、ざ、ざ、と逆回しのように、落ちた石が舞い上がる。蛇の影のような姿が、樹上に消える。風はとうに止んでいるのに木は大きく揺れて、幾枚もの葉が紙吹雪のように散っていった。

「……行っちゃった？」

「わかんないな。あの調子じゃまた来るかもしれない」

「また来るの!?　もう嫌なんだけど……」

美月は、頭上を見上げる天也をきっと睨みつけた。

「ねえ、やっぱり知ってること話して。そろそろ限界。わかんないままじゃ、天也のことだって信用できなくなっちゃう」

「……知らないままの方が楽だと思ったんだけど」

天也は癖っ毛を軽く指でいじると、大きく息を吐いた。

「話せることは話す」

そうして、彼は少し先、広場の隅にあるベンチを指した。

「座ろ」

大人しく歩いて、黄昏の薄暗さに満ちた空気の中、腰を下ろした。隣の天也の顔は見えるが、公園をランニングしている人はもう誰が誰だかわからない。遊具のシルエットは既に黒く塗りつぶされている。この雰囲気、なんだか覚えがあるな、と思った。多分、小さい頃のことだ。夕暮れ時、すっかり黒い檻のようになったジャングルジムの上に今と変わらず黒っぽい印象の天也がいて、美月はそれを下から見上げているのだ。なんだっけ、いつ頃だっけ、と思いを巡らせたところで、天也が口を開いた。

「今から、ちょっと変な話をするよ」

妙な前置きだ。美月からすれば、さっきの現象に比べれば大抵のことは受け入れられる気がする。だが、天也が話し出したのはそれよりもさらに突拍子もない話だった。

「美月は、血を辿ると……水神様の花嫁の家の子孫に当たるんだ」

「待って、急によくわからない言葉が……」

今、神様がどうとか言われた気がする。さすがに頭がくらくらとした。

「順に話す。で、その花嫁を追って、さっきの蛇とかは美月のところに来てる」

天也はそこまで言うと、少し遠い目をして、訥々と語りだした。

「曲瀬、って土地があるんだ。ここからもうちょっと北の内陸。電車だとローカル線でギリギリ日帰りはできるかな、くらいのとこ。そもそも、観光するようなものもないんだけど」

それは、全く知らない土地の話だった。

「美月のご先祖の家は、昔そこにあった。東京に来てから結構経つみたいだけど。僕はもうちょっと後にこっちに来た」

「同郷同士、みたいな感じだったんだ」

両親からはそんな話を聞いたことがない。母方の祖父母は関西で健在、父方は都内で少し前に亡くなっているから、後者の方の家の話だろうか。相当前にこちらに来たということなのだろう。でも、天也はどうしてそんな話を知っているのだろうか。

「で、美月のご先祖様は、曲瀬の川の神様に目をつけられていた」

「なんて？」

思わず聞き返す。

「ほら、曲瀬……曲がった瀬って書くから。ぐねぐねした川がたくさん流れてる土地なんだ。大水も多くて、治水が……」

「そんな情報はいいよ、川くらいどこにだってあるよ。神様の方！」

「神様だってどこにでもいるよ。山だって川だって街だって、台所にだって」

「そんなに？　見たことなんてないよ」

「今はほとんど眠っていて起きてる方が少ない……と聞いた。あとは、人に化けて紛れたり。まあ、それはいいんだ」

天也は少し難しそうな顔をしてまたとんでもないことを言うと、そのまま続ける。

「で、そこの川にはそこそこ強い……と言っても、やっぱりローカルなんだけど、とにかく土地の神様がいて」

「川の神様なの？　土地の神様なの？」

「両方。要するにそこは川が大きくて強かったから、その辺の神様みんなに勝って、一旦この辺りは自分のもの、としていた」

動物の縄張り争いみたいだな、と思った。

「その水神様が、よくある話だけど、百年ごとに花嫁を……まあ、生贄を寄越せと言ってくる。それが美月の家だった。それもあって土地から逃げ出したのかな」

「迷惑……！」

「ただ無害な神様なんて、無益なんだよ」

さあ、これでわかっただろう、という顔をして、天也は口を閉ざしてしまった。美月は途方に暮れながら、話を整理し始める。

「要するに、その水神様がまだうちの家から……生贄を欲しがってるってことで合ってる？」

「そういうこと」

「それが私」

「そうだね。女の子がいいみたいだから」

「やだ」

「百年前の子も、そう言った……らしい」

だんだん闇が深く、濃くなって、隣の天也の顔もよく見えなくなってきた。周囲はなおさらだ。空は濃い紫色に染まり、一つだけ明るい星が見えている。

「二百年前の子も言ったんだろうね。聞いてもらえなかったみたいだけど」

「最悪。時代遅れ。じゃあ、私食べられて……」

死んじゃうのだろうか。あまりに現実感のない恐怖が、それでも真っ黒な影の形をして、ひたひたと近くまで来ているのは感じた。

「ざっくり言うと、こういう話。僕もこんなに急になんかあるとは思ってなかった。信じた？」

長いまつげが軽く上下する、その動きはなんとなく薄暗がりの中でも見えた。

「天也はこういう時に嘘言うタイプじゃないでしょ。信じがたいけど、受け入れるしかないかも」

なんでそんなことを知ってるのかは気になるけど。そう続けると、目はもう一度瞬いた。

「うちが、祭祀(さいし)の家だったんだ。史料とかは手元にないから、ただ信じてもらうしかないけど」

何もなければ、特に言うつもりはなかったのだ、と言う。

「でも、知ってるからには美月を守らないと……僕にしかできないと、そう思って」

ぱち、と街灯に明かりが灯った。天也の白い整った顔が、黒い真っ直ぐな視線が、じっと美月を見ていた。

「だから信じて。美月を生贄にさせたりしない。僕についてきて」

真摯、というのはこういう顔を言うんだろうな、と思った。顔立ちとか、言葉とか、そういうのとはまた別に、受け入れざるを得ない様子というのはある。そうして、美月はそういう態度に非常に弱い。頼みはどうしても断れないのだ。

「信じるよ」

天也のどこか冷たい顔が、ふと子供みたいに緩んで、柔らかい笑顔になった。

いつもこういう顔してればいいのにな、と思う。でも、二人の間にちょっとした秘密ができたような気もして、悪くなかった。

その日は、街の明かりを頼りに、少しだけ遠回りして二人で帰った。ただ美月は、神様が生贄を欲しがっているのなら、あの翡翠のプレゼントは何なのだろう、急に食べに来るのではダメなんだろうか、と頭の中でぐるぐると洗濯機みたいに渦が巻いていた。ざっくり言うと、ということは、天也はまだまだ語りきれていないことがあるのではないか、と。

「また今度、ちゃんと話すから」

別れ際、何やら考え込んだような顔で天也は言う。まるで美月の心を読んだようだった。

「大丈夫。美月が納得いくようにする」

本当にお願いね、と言おうとした時。道の先に、白っぽいカーディガンを羽織った背の高い青年が歩いてくるのが見えた。ちょうど街灯の下を通りかかったから、顔立ちも一瞬とはいえよくわかった。公太だ。

「……お兄ちゃんだ。見つかるとうるさいから、今日はこの辺で」

「あいつ、やっぱり美月のこと構いまくってるんだ」

「今は特に、夜だからね。心配するみたい」

じゃあ、とくるりと踵を返して、天也は来た道を帰っていく。わざわざ家の方まで送ってくれていたのに、なんだか悪いことをしたかも、と思った。背後の足音が少しずつ遠ざかっていくのが、心細かった。

「美月」

兄はこちらに気付いた様子で手を上げると、早足でいそいそと美月の方へと近づいてきた。

「遅いし、変な道から来るんだな。なんかあった？」

「部活の後、ちょっと友達と寄り道してただけ！」

少し考えて、嘘はついていない程度のごまかしをした。昔から縁のある天也のことは当然公太もよく知っているが、過保護な兄のこと、何かと二人は火花を散らしがちだ。

「ほんとに？　男じゃないよな？　まあ、そっちは繁華街とかじゃないから安心だけど、人が少ないとそれはそれで危ないいんだぞ」

「その心配性のせいで、友達にお兄ちゃんのことすっごく紹介しづらいんだけど」

「何をどう言われても、自分の道を貫く奴のことを英雄って言うんだぞ」

「知らない……。神話とかの時代じゃないんだよ……」

とはいえ、暗い道はやっぱり連れがいると安心感がまるで違う。あんな騒ぎがあった後ならなおさらだ。

ふと、天也から聞いた話を思い出す。美月の家が生贄の家ということなら、公太にも関わりがあることなのではないか。

「ね、お兄ちゃん。曲瀬って地名知ってる？」

「まがせ？」

不審げな顔をする。やはり、兄も両親から聞かされてはいないのだ。もしかしたら、親も知らない過去なのかもしれない。生贄の家から逃げてきたのなら、何もかも隠していてもおかしくはない。

「知らないならいいや。ちょっと聞いただけ。うちのルーツなんだって」

「へえ」

知らんなあ、と首を傾げている。生贄は女の子だと聞いた。なら、兄や他の人が直接被害に遭うことはないだろう。神様なら普通の人が一人二人いたところで、どうにかできるような存在ではないだろうし。できるだけ心配はかけないでいた方がいい。

マンションの白い建物が近づく。下の駐車場では幼稚園くらいの男の子が何かむずかっていて、若い母親がなだめようと一生懸命の様子だった。挨拶だけしてエントランスに入り、オートロックのドアを開けようと鍵を探す、その時。

鈍い音と、悲鳴がした。

外だ、と兄と顔を見合わせる。美月は待っていなさいと押し止められたが、そのまま急いでついて行く。子供が泣いている。さっきの子だ。その傍に、母親が膝をついて、肩を押さえている。淡い水色のワンピースに、じわじわと血が滲んでいた。

「大丈夫ですか！」

おかあさん、おかあさん、と子供がショックを受けたようなしゃくり上げ方をする。母親は重傷というわけではなさそうだったが、弱々しく笑みを浮かべていた。

「大丈夫です、急に何か降ってきて、驚いてしまって……」

美月はその時、アスファルトの黒い地面をじっと見ていた。兄が話しかけている間に、スマートフォンの明かりをつけて照らす。

「怪我は。病院とかは、平気ですか」

「ええ、そこまでではないんですけど……。誰かが上から何か投げたんでしょうか」

上の方に、まっくろいのがいたの。男の子は涙を拭かれながら、そう訴えている。

照らされた地面には、赤い血の染みのついた翡翠の原石らしき石が転がっていた。

まるで美月に、こう告げでもしたそうな様子で。

お前のせいだぞ、と。


かつん、と窓ガラスが軽く音を立てた。トム次郎をぎゅっと抱き締めていた美月は、のろのろと顔を上げる。いつの間にかカーテンからは仄白い光が差し込み、夜は明けていたようだった。外は見ない。きっと、ベランダにはまた小石が転がっている。

夜には、誰かの悲鳴が数回聞こえた。公太が上階からのいたずらだろうと管理人に話し、張り紙をしてくれると言っていたが、そんなものでは止めることができないということを彼女は知っている。

いくらぼんやりしがちな彼女でもわかる。このままではいずれ他所の人にもっともっと迷惑がかかる。それに、美月自身の部屋近くにまであの蛇は来ている。

ぐす、と軽く涙ぐんでいた目を拭って、それから深呼吸をした。朝の空気は少しひんやりと清浄で、嫌な泥の汚れを拭ってくれそうな気がする。そして、急いで天也にメッセージを送った。

夜にも一度、慌てて状況を知らせると、天也は慰めて、朝まで待つようにとアドバイスをくれた。とはいえ、その後も事態が続いているとなるとさすがに我慢できない。

『おはよう』

返信は、想像以上に早かった。

『外にあいつがいるみたい』

心から安堵して、指先を動かす。

『あの後も、他の人にも怪我させせてる』

『ごめん』

天也はやはり素早く謝ってくる。

『あの後は引っ込んだと思ってた。考えてたより粘り強かった』

『どうすればいいのかな』

ふと、心が弱気に揺れた。今はまだ軽い怪我で済んでいるが、そのうちもっと暴力的になったら。窓ガラスを割られたりしたら。家族に危害が及んだら。誰かの命が、危険に晒されたら。

『私が生贄にならないといけない？』

『それはちがう』

天也は焦ったのか、変換もせずにメッセージを送ってきた。絶対に違う。そんなこと言っちゃダメだ。その後も、何個も。味方なんだな、と思った。少しにじんでいた涙も引っ込んだ。少しだけ希望が見えるような気がした。それから、ふと疑問に思う。

『なんで、直接襲ってこないのかな』

生贄というくらいならそのまま食べるでも何でもすればいいし、最初から石をぶつけたり攫ったり、神様ならいくらでもそんなことができるはずなのに。プレゼントとか、プロポーズだとか、天也はそんなことを言っていた。それも言い伝えに関係があるのか。ちゃんと話が聞きたい。

『やっぱり、ちゃんと話がしたい』

今度は少しだけ迷ったのか、向こうからの返信には時間がかかった。それでも、返ってきた内容は彼女に寄り添ってくれたものだった。

『学校前に会おう。もしかしたら、学校に行くのも危ないかもしれないし』

『サボるの？』

『場合によっては』

病気でもないのに無断で休むのは、一度もやったことがない。二年生というのはそれくらいのことはできるものなのだろうか。少し緊張しながら、わかった、と返事をした。ちょうどその時、千歳からのメッセージが届く。また例の相手から、今度は果物が家に届いて、夕べは遅くまで家族会議になったらしい。

『もう知らない。バカ！　やっぱり全部返して切る、あいつ。バカバカ！』

美月も気をつけた方がいいよ、と突然飛んできたアドバイスには、悪いが少しだけ笑ってしまった。プレゼント攻撃、というだけなら千歳と美月は今、同じような苦境に立たされているのかもしれないな、と。


今日ちょっと用事があって、などと言い訳をしながら早めに家を出た。マンション三階の通路からは、ぽつりと黒い染みのような人影がよく見えた。急いで降りていくとそれはやはり天也で、少し風の強い中、癖のある髪をざわざわとなびかせてじっと立っていた。美月を見て、少しだけ目を細めて笑う様はいつもとそう変わりはないが、手には何か握って軽く動かしている。

「それは？」

「あの石」

小走りに近づいて見せてもらうと、もう見るのも嫌になってきた小石が何個かそこにある。白い手の中でざりざりと、乾いた擦れ合う音が聞こえてきた。

「拾って大丈夫？」

「むしろ、拾っていったらどうかなと思って。美月も見つけたらよろしく」

「受け取ったって思われちゃわない？」

「美月のその、彼氏に困ってる友達は」

天也は、千歳のことを口にした。よほどプレゼント攻めのエピソードが印象的だったらしい。

「貰った物を全部返して終わりにしようとしたんだろ」

はっと気付く。確かに、二人は同じようなことで悩んでいるのだと思ったものだが。

「こっちも、返してバーカ！　って言うの？　も、もしかしてやっつけるつもり？」

「そのつもり。バーカって言うかはともかく、わかりやすいだろ。拒否の形として」

なるほど、石を全部拾えるかどうか、本当にあれを倒せるのかどうかはともかく、やりたいことはわかった。だが、まだわからないこともたくさんある。

「それはいいとして、なんで向こうがプレゼントなんてしてくるのかが気になる」

「美月に好きになって欲しいから」

そこがよくわからない。花嫁にするという話ではあったけれど、結局生贄にされて、食べられてしまうようなのに。

「私はそんなことで、よくわかんないもののことは好きにならないし、そもそもなんで好きにさせる必要があるのかも……」

「百年前の子がね、思い切り振った……らしい」

天也は歩き出しながら、話し始めた。時折、あの石を見つけたようで、かがんで拾っていく。朝の澄んだ空気に乗って語られた、遠い土地の生贄の物語の続きはこのようなものだった。天也の語り口はどうもぽつぽつとわかりにくいので、要約に少し時間が要ったが。

昔、曲瀬の川の神は水害を抑えるため、百年に一度、決まった家に生贄を求めていた。その家には時折変わった力を持つ者が生まれる。儀式をもって力を持つ娘を嫁にし、喰らうことで神も力を維持していた。しかし、近代になってからは次第に神を祀る民も少なくなり、今から百年前には儀式も廃れていた。そこで、神は自ら嫁を求めて生贄の家を訪ねることとした。

「要は、プロポーズに行ったってこと」

「生贄の話はしたの？」

「してない……はず。当然断られるだろうし」

「騙し討ちじゃん」

しかし、その娘は騙し討ちを見事撃退したらしい。

「気の強い子だったみたいで。『自分が心から好いた方でなければ、お嫁になぞ行きたくありません』。そう答えたんだ」

おお、と思った。今はともかく百年前でそれは、ずいぶんと進歩的な意見だったのではないだろうか。多分、大正時代とかそれくらいだ。

「神はそれで退かざるを得なかった。昔なら勝手に食ってたところだけど、生贄を欲しがる神なんてもう人の方は相手したくなくなってたから、祀られなくなって弱くなってたんだよな。それに……」

「それに？」

やるじゃんその子、と快哉を叫びたくなりながら、美月は聞き返す。

「だいぶショックだったから、しばらく落ち込んでた」

「神様なのに？」

「神様なのに」

二人は顔を見合わせて、くすくすと笑い合った。

「昨日、頑張ってわかりやすくまとめたんだけど。わかった？」

美月は頷く。多分、半分くらいは天也の脚色が混ざっているのだろう。最後のショックのところとか。美月を和ませようとしてくれているのだと、そう思った。その気持ちが沁みるようにありがたかった。

「で、まあ、今回は反省を活かして、生贄に……美月に、先に好きになって、自分からこっちに来てくれるようにしてる、んだと思う」

「それがおかしいよ。石を投げられて好きになったりしないってば」

「そこはまあ、思い込みがあるんじゃないか……と。あとは今は本体じゃなくて、眷属が動いてるんだと思う」

「けんぞく」

なんだかずいぶん詳しいね、と疑念を口にしようとした時。ふと、美月は昨日のあの大きな公園の入り口に、自分が立っていることに気付いた。天也はそのまま、中に入っていこうとする。

「ここ？」

「うん。広いし、高い建物がないから。被害が出にくいかなって」

入り口付近にはやはり木が植えてあって、入り込むとしばし陰の下になる。転がっている小石に緑色のものがないか、美月は下を向いて注意深く見ながら歩いた。

「ねえ、けんぞくって何？」

「分身みたいな、子分みたいな……」

ざわ、とその時木の葉がざわめいた。美月はゆっくり、顔を上げる。

こつん、と軽く額に何かが当たった。怪我をするほどではない、優しいじゃれ合いのような――。

まさか。

当たったところを庇うように、天也の手が、美月の目の上にかざされた。その瞬間美月は、自分の真上に大きく開いた真っ赤な口を、その周りにある人一人は飲み込めそうなほどの蛇のような黒い姿を、ぼとぼとと垂れてくる黒い泥を目の当たりにした。手と頰に、黒い滴が落ちた。慌てて拭う。

「そう、あれが眷属……なんじゃないかな。水神って感じでもないだろ」

「ど、どうすればいいの？」

「断るしかない。ただ断るのはもう効かなそうだから、もっとビシッと」

ビシッとって……と美月はじりじりと焦りながら周囲を見渡す。とん、と背中を軽く叩かれた。大丈夫だよ、と後押しをされるように。

「私、こんなのじゃ絶対、す、好きになんかならないので」

があ、と口が開いた。石が何個も何個も転がり落ちる。自分には価値のない石。要らないプレゼント。千歳と同じだ、と思う。押し付けられた、愛情なのかどうかもよくわからない気持ち。

「返します」

地面の小石を拾って、目をつぶって、ヒュッと投げつけた。

蛇は初めて、ぐう、と低いうなり声のような音を立てた。

「……少し効いてる」

天也は呟くと、彼女を庇うように前に出た。

「言った通りだ。この子は断ると言ってる。この辺りで手を……」

瞬間のことだった。蛇がバネのように縮み、また伸びると、天也の頭から肩に食いつき、上半身が飲み込まれた。

「天也!?」

げえ、ともう一度酷い声を上げながら、蛇が飛び退く。天也は泥でぐちゃぐちゃになり、いつにも増して黒っぽい色合いになってはいたが、動揺した様子もなく顔を手で拭った。無事でいるようだった。

「僕を喰えるわけがないだろ。……美月、こっちで引きつけておくから、石を拾って」

「石……わ、わかった！」

天也の手の中にあった石が、美月に手渡される。少し考えて、通学鞄の中に入れておいたサブバッグの中にざらざらと流し込んだ。天也は髪から泥の滴を撥ね散らしながら、とん、と一歩退く。

さっき、石を一つ投げつけたら反応があった。千歳は要らないプレゼントをどうすると言っていた？　全部まとめて送り返す、とそう話していたのだ。天也が走り出す。

何かしたのか、蛇はするするとそちらを追っていく。朝だから、他に人がいないといけれど、お年寄りとか犬の散歩の人とかは結構いるはずだ。どうか被害が出ませんように。祈りながら、地面に這(は)いつくばって石を拾う。袋がどんどん重くなる。

こんな重い告白、いらない。

泣きそうになりながらも、拾い終えた美月はきっと前を向いた。今、ここで頑張らないと、どうしようもない。プレゼント攻撃はどんどん酷くなって、周りに被害が出て、そのうち弱い自分は折れてしまう。自分さえいなくなればいいんだ、と思ってしまう。だから、折れる前に動かないといけないのだ。

重いサブバッグを肩に掛け、公園の広場の方にふらふら歩いていく。高い建物がないところ、と天也は言っていた。確かに、さっきみたいに上からやってこられるよりは高さのない、広い場所の方がいいのだろう。広場には、遠くの方のベンチや東屋(あずまや)に数人人がいるようだ。今美月が立っている側にはいないから、蛇がこっちに来てくれると助かる。そう思いながら、周囲を見回した。奥にはアスレチックなんかもあるが、この辺りにはスタンダードな遊具が多い。ブランコ。シーソー。滑り台。ジャングルジム。昔、よく遊んだ覚えのある懐かしい顔ぶれだ。それと、ベンチもいくつか。がさがさ、と音がする。もうすぐ天也と蛇が来る。

ブランコ、シーソー、滑り台、ジャングルジム、ベンチ。

ジャングルジムだ。

あいつはいつも高いところから石を降らせて迷惑なことをしていたから、同じことをしてやればいい。

鉄の棒に手を掛けたところで、天也の声がした。

「美月、そっち行く！」

ああ、昔、そうだ。あの思い出だ。天也はするすると登ってしまったのに、美月はなかなか上に行けなくて、夕暮れの空気の中に一人でぽつんと置いていかれた気がして、泣いてしまったことがあったっけ。あの頃から、ずっと天也はすごいな、なんでもできるんだな、自分とは違うんだ、とそう思っていたんだ。

でも、今は私だって、これくらい登れる！

走る天也の後ろを、真っ黒い蛇が地を這い追いかけている。美月は手に力を込めて、身体を鉄の格子の上に押し上げた。高いところだと、なんとなく太陽が眩しいのはなんでだろう。陽寄りの場所にいると、美月は少し安心する。あなたは間違ってなんかいないよ、と言われている気がするからだ。

例えば、あの百年前の勇気ある女の子に。

天也が、ジャングルジムの外を素早く迂回して、手を叩いた。遊んでいるだけ、とでも言うように、どこか楽しげに。蛇は一瞬中を突っ切れるかどうか悩むようにひるんだ。今だ。

「水神様」

サブバッグを思い切り、振りかぶる。

「あなたなんか、要りません」

ざあ、と緑色の、大粒の雨が降った。磨く前のただの石は、陽の光を跳ね返すこともなく、ある物はぎん、ぎん、と鉄の棒にぶつかり、こぼれ落ち、金属質な音楽を奏で、ある物はそのまま元の持ち主を打ち据えた。

眷属、という大きな蛇は、自分の大切に運んできた石に打たれ、激しく痙攣する。水神様の仲間でも痛みはあるのか、それとも美月の言葉が効いたのか、どちらかはわからない。

ごぼ、と泥が吐かれる。それと同時に、みるみるうちに身体が縮んでいく。尾は暴れ、泥を撥ね散らし、辺りは真っ黒になったが、陽は暖かい。そのうち乾くだろう。

その様を見ているうちに、美月もへなへなと安堵で力が抜けそうになった。ジャングルジムから落ちない程度に、大きく息を吐く。おそらく、なんとかなった。

天也は軽く頭を庇っていた腕を解いた。怪我はなさそうでほっとする。

「もう降りても平気？」

「というか、降りた方がいいよ。スカートが危ない」

「見ないでよ！」

「見てないから危ないって言ったんじゃないか」

　するすると格子を伝って、途中で地面に飛び降りる。子供の頃はあんなに高かった遊具が、びっくりするくらい小さかった。

　そうか、私にだって、迷惑な神の眷属を撃退できるくらいの力はあるんだ。なんだか美月は、今の自分と、それまで生きてきた時間の全てが愛おしいような、誇らしいような、そんな気持ちになっていた。

「どうしようかな、こいつ」

　天也がしゃがんで、泥を吐ききったらしい眷属を摘まみ上げた。ただの黒っぽい蛇のようにも見える。美月の腕よりも細いくらいだ。尾をじたばたとさせてはいるものの、逃げる気力はなさそうだった。鱗はつやつやとしてきれいで、よく見ると目はつぶらでかわいらしい。クラスに確かこういうのが好きな男子がいたはずだ。今回の一件さえなければな、と思う。

「帰してやって、こいつの主にもうやめとけって言わせるか、こっちで封印しておくか」

「封印、できるの？」

「まあ、普通に閉じ込めておく感じ。そのうち弱る」

しょんぼりとしているのか、うなだれて舌を弱々しく出したりしまったりしている様を見ていると、それはなんだかかわいそうだな、という気になってくる。さっきの話だと、これは水神様の部下のようなものらしいし。

「逃がしてあげようよ」

千歳だって、別に元彼を通報まではしていなかったはずだ。

「まあいいけど、こいつかどうかはともかく、また何か来るかもしれないから」

ちゃんと主に諦めろって言っとけよ。天也は蛇の前でがあ、と獣のように口を開けて脅すと、ぱっと手を放した。蛇は慌てた様子で小さく震えると、ちろちろと植え込みの方へと消えた。その寸前、美月にほんの僅かに礼をしたように見えたのは、気のせいだったのかどうか、わからない。

「天也。ありがとう」

美月は、きちんと天也に向き直った。

「うん」

「次も何か来たら、また助けてくれる？」

「……守りたい、って言ったろ」

少しずつ高くなってきた、陽の光が眩しい。天也はちょうど木の陰の下にいて、二人の間にはぼんやりした境目がある。でも、今美月と天也は一緒にいる。それは確かなことだ。

「天也、私、ジャングルジムに登れたよ」

「……ああ、まだ気にしてたんだ。昔のこと」

　天也は軽く答えるが、覚えていてくれたこと、すぐに何の話なのかわかってくれたこと、それ自体がわくわくするくらい嬉しいことだった。

「覚えてたんだ」

「なんだって覚えてるよ。美月のことなら」

　一瞬、また何かに影響された？　とか茶化そうとして、天也の真面目な視線に、打たれたような気持ちになった。それと共に、なんだか今までとは違う気持ちが胸の中に流れ込んできて、鼓動を促す。

「えっと、それは……」

「漫画とかじゃないよ。僕の言葉」

　二人は今、子供の時と同じ場所に立っている。だが、どうやら美月の中の気持ちは、その頃とはずいぶん違っているようだ、ということは認めざるを得なかった。天也の、そうやってこちらをかき乱してくるところはずるい、とそう思う。

「……今から行けば、二限には間に合うけど。行く？」

　美月の動揺を知ってか知らでか、天也が言う。

「それより天也、泥を落とした方がいいよ。シャワー浴びてきなよ」

指摘すると、ああ、と髪を触って、真っ黒になった手を見る。

「そのうち乾く……」

「私、川の泥の匂いのする人に守られたくはないなあ」

天也は、顔をくしゃっと歪めて笑った。美月も笑い返した。

例えば、天也が明らかに事情をよく知っていること。あの蛇に対しての態度。気になることはいくらでもある。でも。

少しずつ、本人が話せる時に聞こう、とそう思った。きっと話してくれると、そう信じることにしたのだ。


「その後どうしたの？　例の元彼は」

しばらく後、また手芸部の部活動の時間に、春瑠菜がのんびりと切り出した。

「言った通りになった」

「と言うと」

「貰ったやつを全部箱詰めして渡して、これ以上はもう送りませんって宣誓書書かせて、連絡先をブロックして終わり」

今日は羊毛フェルトでちくちくと、猫か何かを作っているらしい千歳は、先週よりは落ち着いた顔でそう告げた。

「ずいぶん徹底的にやるねえ」

「法学部の人と仲良くなったんだよね」

「またか」

次のアテがあるとかなんとか、そういえば言っていた気がする。また痛い目に遭わなきゃいいけど、と思いながらも、美月はそのたくましさに少しおかしくなって笑ってしまった。

「何笑ってんの。美月はどうなの、進展とかないの」

天也とのことか、と思った。自分の気持ちは確実に変わったと思う。だが、進展というのはどうも変な感じがするし、守るとか信じるとかの話は秘密にしておきたい。だから、ちょっとだけ澄ました顔をして黙っておくことにした。

「なんにもないよ」

「なんにもないなら昼休みの拘束を解放しなよ。村上先輩となら、お金払ってでも一緒にいたい子、いっぱいいるよ。あたしだってそうだよ」

「それはまた別の話じゃん……。あと法学部の人がかわいそうだよ」

「別じゃないし法学部は関係ないでしょ。春瑠菜、この子お子様すぎてお話になんないよ」

「お子様は高校には入れなくない？」

「そういう意味じゃない！」

どこかずれた会話を聞きながら、私にだって花嫁にしたいと思ってくれる……水神様がいるんだから、と思い、言葉にしても全く嬉しくないな、と思い直す。むしろ最悪だ。ただ、これだけはなんとなく言っておきたくて、口を開いた。

「……でも、一個わかった。要らない物を貰うのって、すごく迷惑で」

二人が不思議そうな顔をする。

「好かれるのって、別にいいことだけってわけでもないんだね」

なあに、大人の階段登ったみたいに、と友人達が笑う。美月も笑ってごまかすことにした。

本当に登ることができたのは、あの時は届かなかった公園の小さなジャングルジムなんだよと、これは、美月と天也だけの秘密の話だ。

2話　冬の手紙

「うわ、また変なメッセージが来たあ」

冬に入り、暖房のよく効いた放課後の教室で、大友春瑠菜がまるで季節外れの虫でも見かけたような声を上げた。

「最近多いの。なんかこの間の合コン楽しかったねーとか」

「行ったの？」

春瑠菜は見た目こそ派手だが偽装のようなもので、中身はおっとりと大人しく、浮いた話など特に縁のない子だ。クラスの友人に付き合わされて、というようなことはあるかもしれないが、自分からそういう場に向かうイメージはない。

「行くわけないよお。だってこれ名前が、ほら」

浮かれた文面の冒頭には、テレビを多少見る人間なら誰でも知っている俳優の名前が書かれている。明らかに偽物だ。

「迷惑メッセージってやつだよ。リンク踏んだらなんか怖いことになるの。二人も気をつけなね」

「アカウントがどっかから流れちゃったんだ。こわー」

自分のスマートフォンを眺めていた金城千歳が、大げさに怖がる真似をする。今日は特に手芸部の部活動の日ではないが、時々放課後などにこうして誰かの教室に集まって、とりとめのない話をすることがある。今日は千歳のクラスである二組がたまり場だ。

「でも、怖いことって、具体的に何があるの？」

美月が疑問を呈すると、二人は顔を見合わせた。

「え、なんだろう……。個人情報とか、そっち系？」

「なんかウイルスが送られてきたりするんじゃないの？」

「画面がジャギジャギにされちゃう？」

「そのウイルス感はなんか古い」

なんだか怖いらしい、ということだけは理解しているものの、実際は何が問題なのかよくわからないらしい。美月にもわからない。調べるのも反対に、脅しのような画像を見つけたりしそうで嫌だな、という感じで宙ぶらりんにしている。

「とにかく、怖いんだよ」

そういうことにしておこう、とその場はそれで落ち着いた、そういう折りだった。

「美月」

もう女子三人だけになった教室に、場違いな少年の声が響いた。ぱっ、と全員でそちらを見る。黒っぽいくしゃくしゃした髪の毛の二年生、村上天也が入り口に立っていた。教室のドアには一種のバリアみたいなものがあって、何か特別な時でないとずかずかと足を踏み入れたりしないのが礼儀、というような雰囲気がある。天也は決まり事にはあまり気を遣わない方だが、教室の出入りに関してはきちんとしていた。今も、ドアのすぐ向こう側に少し斜めの黒い棒みたいになって立っている。

「彼氏くんが来たよ。行ってきたら」

「彼氏じゃないよ、別に」

「そう、今はまだ。でも、いつかはきっと——」

「なんでモノローグを勝手につけるの？」

いつもの言い合いをしながら、美月は鞄を持って上着を羽織り、天也の方へと駆け寄っていく。数ヶ月前、遠い土地の川の神だか、その眷属だかに襲われて以来、家の近い天也が美月と一緒に帰るのはほぼ恒例になっていた。

廊下に出て二人に手を振ると、途端に冬の空気が襲い掛かってくる。天也はそのまくるりと踵を返して歩き出した。

上履きの足音が、澄んだ空気の中に響いていく。時々すれ違う生徒もいるが、外は暗くなりかけていて、下校するよう校内放送が流れ出す。そろそろ先生が見回りをしている頃だから、残った二人もじきに追い立てられて下駄箱に来るだろう。

「今日はなんか、おかしいこととかなかった」

あれ以来、天也はいつもこうだ。みんなで何を話していたの、とか、今日何か面白いことはなかった、とか、そういう当たり前の話から会話に入ってくれない。

「別に何もないよ。全然平和」

「なら良かった。気をつけて」

強いて言えば、と思う。昼休みだけに留まらず、毎日毎日天也と一緒に歩いて帰っている美月への視線が、以前よりは少し痛くなってきている。羨ましいにも程があるわ、という感じだ。そうは言っても、と端整な横顔を眺める。冬の夕暮れの、トーンの暗い空気の中では、黒い髪と白い顔とのコントラストがよりくっきりと浮かび上がるようだった。

天也、自分からはあんまり話をしてくれないんだもんなあ。

「何？」

横顔がゆっくりとこちらを向くので、ううん、と首を横に振った。

「えっとねえ、さっきは変なメッセージが来て大変、とかそういう話をしてた」

「変な？」

「そう、春瑠菜が芸能人と合コンしたことになってて、また会おうよって話が送られてきてたの」

「すごいな」

「すごくないよ、偽物だよ……」

天也は機械とかインターネットとか、そういうものには非常に疎い。普段のメッセージを普通にやり取りすることはできるが、それ以上は全然ダメだ。写真を送付するのも怪しい、というか写真を撮るのも苦手だ。何か面白い動画だのを見せればそれなりに喜んではくれるが、自分で探して見に行ったりはしない。情報量が多いとよくわからなくなる、のだそうだ。

「私も気をつけないとなあ……」

「芸能人に？」

「偽物だって言ってるじゃん。大体天也、テレビとか全然見ないし、話してもわかんないでしょ」

「美月の口調からどのくらい大事(おおごと)かを推理するのは、楽しい」

「もうちょっと積極的にコミュニケーションを取ってほしいなあ……」

なんで二年の先輩にこんなことを、といつものように思う。自分は天也といろんな話ができて、それで道々一緒にはしゃげたりしたらきっと楽しいだろうと思っているのに。

……でも、俗っぽい情報で何かとはしゃぐ天也って、そもそも天也らしいのだろうか。それはよくわからない。

下駄箱に差し掛かったので、天也は自分の靴を取りに別れた。美月もしゃがんで、一番低いところにある扉を開ける。出席番号順で割り振られたこの場所は毎日面倒で、早く学年が変わらないかな、とずっと思い続けている。そうしたら天也は三年で、さすがにその頃には受験だか就職だかで忙しくなっているのだろう。

進路の話なんかしてみてもいいな、と思いながら手を差し込むと、がさ、と音がした。普段ない感触がする。がさがさした紙だ。一枚の紙が、段ボールの荷物の緩衝材のように丸められているようだった。

恐る恐る手を引き抜いて、そっとそれを取り出す。なんだろう、手紙にしてはかなり無造作だ。いたずらでいらない紙を突っ込んでいったんだろうか。丸まったところを開いて、中を見てみた。

『げにめれけからごしたいにてべれたした　このどめらそひうけもれでへでれひょ』

なんだこれ、と思った。暗号かパズルか何かだろうか。それにしては意味がわからない。筆跡はボールペンのようだがよろよろと震えていて、くしゃくしゃになった紙全体が揺れて不安定に見えた。美月の背筋にもぞわぞわと怖気（おぞけ）が走る。

「天也！」

「うん」

声を掛けると、意外にもすぐ前の下駄箱の陰からひょっこりと黒い頭が現れた。

「何か変な手紙が来てる……」

「手紙」

かつかつと早足で来るので美月は混乱した頭で紙を差し出した。なんだ、これは流行りのいたずらだよ、パズルを解けばいいんだ、とかその程度のものであってほしいと思いながら。

「これは……ああ、面倒なやつ」

美月の儚い願いは、一言で打ち砕かれた。

「例のあいつの眷属がまたなんかやってる。しつこい」

とん、と指で紙の端を示す。そこには見覚えのある黒い泥が微かに付着し、少しずつ乾き始めているようだった。

「呪いの手紙だったりするの？　私、開いちゃった」

「多分、これ自体がどうこうじゃないよ。安心して。ただ、前のことを考えると、また来るとは思う」

美月を生贄にするために動いている、遠い土地の水神様。美月に自分のことを好きにさせようとしている、そこまでは天也から聞いていた。つまり、この手紙は。

「……ラブレター、なの？」

「言いようによっては、そうだね」

「前から思ってたけど、こんな告白、ある？」

「眷属のやることだからな。いろいろと勘違いしてるんだよ。気にしない方がいい」

天也は手紙をビリビリと引き裂いて、まとめてポケットにしまってしまった。

「返事もしない方がいいな、今回は」

「前みたいに叩き返したりはしないの？」

「内容がわからないから、返したらいいように取られるかもしれない。『結構です』って言ったらイエスにもノーにも解釈できるとか、そういうやつ」

そう言うなら、まずは従うしかない。そうして美月はふと、天也の鞄の外ポケットから、封筒のようなものが覗いていることに気付く。薄いピンクで、かわいいうさぎと風船が描かれているデザインだ。

「え、もしかして天也にも何か来てた……？」

「いや」

首を横に振られる。

「これは普通のラブレター」

え、と言葉に詰まった。天也はいかにももらい慣れているぞ、という顔で、仮に入れていたらしい外ポケットから鞄の中にしまい直す。

「別に特別な感じのことはなかったよ。返事はするけど」

「返事……えっと、どっちの？」

ＯＫを出すのか、それとも……。

「断るよ。知らない人だし、今はそれどころじゃないし」

「そんなにすぐ決めちゃってもいいの！」

思わず余計なことを言ってしまった。本当に余計だ、と言った一瞬後にはさらに頭を抱えたくなってしまっていた。そんなことを言って天也が考えを変えて受理をしてしまったら、勝手に寂しくなりそうな、そんな気がしたのだ。

「美月の方と同じだよ。ダメだって思ったらすぐ断らなきゃ。幸い、こっちの人は話ができそうな相手なんだし」

そう天也が言うのを聞いて、少しほっとしてしまった。それもなんだか嫌な感じだ。変な手紙が来た後に、天也が具体的に女子に人気があるのを目の当たりにしてしまったせいで、少し不安定になっているのかもしれない。

「それは漫画知識？」

「雑誌の特集に書いてあった」

どちらにせよ、いつもの聞きかじりか、と美月は靴を履いて、つま先をとんとんとコンクリートの床で叩く。あの手紙と一緒に入っていた靴だ。少し気味は悪かったが、歩いていくうちに紛れるだろう。手紙だって、前みたいにどうにか撃退できるはずだ。

靴には特に問題はなかったが、後者は間違っていた。手紙は、その日から何度も送られ続けることになった。

『ぶあけもなおひなただりへすも』『ぼぬてのかしけそたり』

「うわ、何これ」

美月が取り出した紙——鞄の中にいつの間にか突っ込まれていた手紙のようなものを見て、千歳と春瑠菜は眉をひそめる。

「脱出ゲームでもやってる?」

「この現実から脱出したい」

頭を抱える。手紙はあれから、日に数回はどこかで見かけるようになった。大体は、美月の周囲の物の中に無造作に入れられている。文面に意味が通るようになる気配はないし、やはり暗号の類いでもなさそうだ。

「ストーカーとかじゃん。しかもちょっと触らない方がいいやつ。まずいよ。あたしだってそこまでされたことないよ」

「学校なら先生に相談した方がいいよお」

部活の時間は今日ものんびりと進み、先輩方は着々と丁寧な作品を作り上げている。美月も今日は新しく、ぬいぐるみのトム次郎にかわいいマフラーでも作ってやろうと思っていたところだったのだ。手紙さえ見つからなければ。

「やっぱりそうだよねえ……」

言い淀(よど)みながら、本当に天也の言う通りなら、先生や親に何か出来るなんてことはないんだろうな、と思う。神道だか呪術(じゅじゅつ)だかに詳しい先生っていたっけ、なんて聞いても変な顔をされるばかりだろう。親だって、出自はともかくごく普通の共働きの夫婦だ。

「なんか話しにくいとか事情があるとしても、相談とか愚痴って大事だと思うから」

何かと彼氏と問題を起こしては、部活時間を人生相談にしがちな千歳が言う。

「そうそう、コミュニケーション大事。うちらで良ければ聞くからねえ」

長いつけまつげをつけた目を優しく微笑ませて、春瑠菜もそう言ってくれた。

「美月、あんまり人の恨みを買うタイプじゃないと思うんだけどなあ」

「逆じゃない？　いい子だから付け入られるとかいう」

「何それ、許しませんよ。最悪の奴ー」

視界が、ほんの少し滲(にじ)むのを感じた。今の美月の状況を上手(うま)く説明できる気はしない。天也も、口止めするまではいかないが、どうせ信じられないし、あまり他人には広めない方がいいだろう、とは言っていた。

「ありがと」

小さい声で絞り出すようにそれだけ告げると、二人はわあ、と慌てた顔になった。

「泣かない泣かない！　弱気になっちゃダメだからね！」

「泣いちゃえ泣いちゃえ。吐き出しちゃいなね」

どっちにすればいいのよ、と逆に笑ってしまいながら、それでも思った。心配してくれる友達がいるって、ありがたいな、と。

相談とか、愚痴か、と思う。この二人を巻き込みたくはないし、変な手紙が来るという話くらいしかできそうにない。天也には何でも言えるが、秘密主義でまだ全部話してもらえた気がしない。

もう少し突っ込んだ話を、真面目に聞いてくれそうな相手、か。美月は少し考えを巡らせることにした。

間家のそこそこ生活感のあるリビングには、父親がちょっと奮発して買った大きなテレビが置いてあって、主に映画の鑑賞やゲームに使用されている。土曜の午後である今は、ふらりと遊びに来た天也と兄の公太が対戦格闘ゲームに熱を入れているところだ。二人掛けのソファに座っているプレイヤーたちを、ダイニングから引っ張ってきた椅子に座って美月が一人で見ている。

なんとなく、この二人は勝負をし出すと熱くなるところがある。特にこのゲームに関しては、普段あまり遊んでいる印象のない天也も、美月の家にわざわざ来て対戦に熱を入れていた。

「ず」

天也が操作している少年格闘家が素早い攻撃に晒(さら)され、みるみるうちに体力が減っていく。

「ずるいんだよ公太は、今のは早すぎ」

珍しく、子供みたいに唇を尖(とが)らせている。

「ずるいも何もないだろ、ゲームなんだし」

公太はあくまで冷静で、画面の中の美形剣士も華麗に回避を決めている。美月はこのキャラの外見が好きなので、見ているだけでも結構楽しい。

「大体、そっちから始めようって言ったんだ、ぞ」

「うわあ」

何をどうしたのかは知らないが、ガチャガチャと複雑な操作を決めたらしく、剣士がアップになる。お、来た来た、と画面の中の派手な必殺アクションを、美月はわからないなりに楽しんで見ていた。何度もレイピアで突かれている天也の操作キャラは少しかわいそうではあったが、まあ、ゲームだし。別に血も出ないし、といったところだ。

「あー、また負けた」

天也がじろりと公太を睨む。ちょっとゲームに負けたくらいで、そんな目つきをしなくてもいいのに、と思うほどだ。

「そう簡単に勝てると思われちゃ困るよなあ、美月」

突然話を振られる。

「え、私ジャッジなの。わかんないよ、そんなの……」

「まだ決まったわけじゃないし。勝負は九回裏からだ」

「天也は野球漫画でも読んだの？」

画面では二本先取した公太のキャラが凛々しく微笑んでいる。もうゲームセットのような気もするが、公太と天也の間には何か独自のルールがあるらしい。二人は仲が良いのか悪いのかはよくわからず、ただ時々こうして天也の方が家を訪ねてきては、突っかかるようにして挑戦してきたり、何か美月にはよくわからない話をしてピリピリしていたり、そういう関係だ。毎回毎回、そんなにゲームが好きなのだろうかと不思議に思って美月はそれを見ていた。

「ルールには則(のっと)ってるし、ずるいも何もないと思うぞ」

「わかってるよ。そこが不服なわけじゃない」

　またルールだ。なんだろう。勝ち数が多い方が何かを奢(おご)るとかだろうか。

「こっちが速くて手数が多いのは最初からわかってるだろ」

「相性が悪い……」

「やっぱり強いの？　あのキザっぽい人」

　なんとなく寂しくなって、美月も会話に割り込んでみた。

「俺は強いよ、オンラインだいぶやってるし」

「いや、お兄ちゃんじゃなくてあのかっこいいキャラのことね」

　それでも、三人でわいわいと語らっているこの時間は、学校で友達といる時とも違う空気があって嫌いではない。いつも余裕があって秘密主義の天也がやり込められているのも、新鮮で面白い。来年は天也も高三で忙しくなるだろうし、もう少しすれば公太も実家を出たりするのだろうけども、あと僅(わず)かな時間、と思うと愛(いと)おしくすらあった。

「で、なんか話があると聞いたけど」

公太と天也が並ぶと、いつもいつも服の色合いが白と黒になるので面白いな、と思いながら、美月は飲んでいたココアを机に置いて、本題を切り出すことにした。

さて、どう切り出すべきか。

「あのね、ちょっと最近……ストーカーっぽい……手紙被害みたいなのに遭ってて」

「はあ!?」

公太が大声を上げるので、耳を塞ぎたくなった。

「いつから」

「先週くらい。下駄箱とか机とかに変な手紙が入ってて、何言ってるのかはわかんないし、それだけなんだけど」

「警察」

「いや、ちょっと待って、ちょっと待って」

即通報とばかりにスマートフォンを取り出した兄をどうにか止める。

「なんだよ、生徒だからって学内で解決できればいいとかいう話じゃないぞ」

「相手がね、その、普通の人ならそれでいいよ。なんだけど、変で。ちゃんと見てるはずなのに鞄に手紙が入ってきたり、あと、別の日は部活で普段と違う席に座ったのにその中にあったりして」

「……人間じゃない奴が学校をうろうろしてる」

天也が、低い声で付け足した。

「天也がね、それ、遠い土地の川の神様が私を狙ってるんじゃないかって言うんだ。実際……」

軽く生贄と翡翠の件の話をすると、あの石かよ、なんで話さないんだ、と怒られた。

「にしても、天也、そういうキャラだっけ？」

公太が横を見る。天也はもう湯気が立っていないココアを今さら飲んでは、甘すぎるな、という顔をしていた。

「キャラとか関係なくて、本当だから。眷属が暴れてる。美月は困ってる。気持ち悪いだけだって」

そうそう、と頷いてあの意味不明な手紙を見せる。兄は顔をしかめた。

「うわ、ほんとだ……。でも、正直神様がどうとか、信じられるっていう感じじゃないなあ」

公太は頭を掻く。それはそうだろう。実際にあの蛇や石が降る様を見ていなければ、そう簡単に飲み込める話でもない。美月だって天也が言うからこそ、そうなのだろうと信じているのだ。

「でも、困ってはいるんだよな、美月」

「そう。で、通報は意味があるのかわかんないな、っていう……」

「ふうん」

彼はそのままじろりと天也を見て、少し考える様子を見せた。

「……相談には乗る。で、少しでも危なかったらすぐに親父とか、警察に言う。特に、何かあったらすぐ俺に連絡しなさい」

「うん」

ほっとした。頭ごなしに否定もされなかったし、何がなんでも介入しようという態度でもなかった。公太の目は思慮深げで、美月をひとまず尊重してくれた、とそう感じた。

全部は信じてくれなくても、ただその言葉だけでも、ざらざらと手に持たされた重たい石の山が砂みたいに砕けて、指の隙間から抜けていくのを感じた。相談、愚痴、確かに大事だ。言葉の通じる相手って、本当にありがたい。

「なんなら、帰りに迎えに行ってもいいんだぞ」

「あ、それはいらない」

え、と公太の端整な顔がぽかんとした表情になる。

「天也が送ってくれてるから大丈夫だよ」

そういえば、ニアミスしたことはあったたな、と思いながらそう伝える。兄は、多分学内なんかでは見せないだろう、真剣すぎて崩れた顔で身を乗り出す。

「お前それはずるいぞ!?　俺だって美月を送り迎えしたいよ！」

「ずるいも何もないだろ」

「美月、ちゃんと相手は選べよ。こいつだって何しでかすかわかったもんじゃないぞ」

「それは警戒しすぎ。天也なら大丈夫だよ。付き合いも長いし」

くっそ、と公太はやたらと悔しそうだ。天也は真っ黒い目をちょっとだけ天井に向け、それから意地悪そうに笑った。

「今回はこっちが先手だ」

俺こいつ嫌い、と拗ねた声を出す兄を見ながら、相性が悪い、ってこういうことだろうか、と美月は考えていた。それにしても、頼りになるのはいいが、過保護もほどほどにしてほしいものなのだけれど。

「おい、天也。もう一戦やるぞ」

「また？　受けて立つけど」

ぼんやり見ていると、今度は別の、骸骨みたいなトリッキーな動きのキャラクターを使い出しているようだった。天也は油断したのか、やはりこてんぱんにやられてしまっている。あーあ、と美月は机の上に置かれたバニラ味のクッキーをかじった。

どうだ、戦法を変えても俺の方が強いだろ、と公太が得意げに、何故か美月の方を見て言い、天也は頭を掻きながら渋い顔をしていた。

そんなにゲームが好きかなあ。美月は呆れながらも、子供っぽい争いをする二人を見ているのは、やっぱり嫌いではなかった。

しばらくして、公太が少し席を外す。両親は留守なので、部屋には自然に天也と二人きりになった。テレビも消してしまったから、部屋の中には外の道路の音が聞こえてくるくらいだ。しんと静まり返っているような気すらした。

天也がコントローラーを置いて、肩を回す。美月は話題を考えて、なんとなく気になっていたことを口にしてみた。

「そういえば、こないだの天也がもらった手紙って……どうなったの？」

天也が瞬きをする。余計なお世話だったろうか。

「言っただろ。すぐ断った。返事を書いて、相手の下駄箱に返しておいた」

「せめて会ってあげればいいのに……」

期待を持たせる、みたいなのが嫌なんだよ。キリがないし。天也は言ってクッキーをもそもそと噛む。

「ああいうの、やっぱりよく来るんだ？」

「時々」

「天也はいいの？　断ったりとかして」

それで、幼なじみの相談にかまけていたりとかして。恋愛漫画をよく読むくらいには、そういうことに興味があるはずなのに。

「僕は僕のやりたいことをしたいから、まだそういうことをしてる時間はないし。付き合ったりとかも、よくわからないし」

手についたクッキーの屑を、ごみ箱の上で払う。いらないものは全部捨ててしまおう、というような手つきだった。

私に構っていることは、天也にとって何なのだろう。もしやりたいこととやらが終わった時にもっといい出会いがあったら、そっちに行ってしまうんだろうか。本当にやりたいこと一筋だけでいいんだろうか。いろいろなことをつい考えてしまう。こういうのは、格闘ゲームみたいにスッキリと勝った負けたで終わらないから面倒だと思う。

部屋はどこかしんと静かなまま、公太が戻ってきてまた賑やかさを取り戻した。美月は、その後もずっと天也のことを考えていた。

数日が経った。相談をして多少気は楽になったものの、根本の現象が終わったわけではない。手紙は相変わらず続き、そしてひとつ変化があった。

放課後、空気の冴えた黄昏の帰り道。美月は歩きながら、渋い顔でスマートフォンの画面を見つめていた。

「何かあった？」

「これも迷惑メッセージっていうのかな……」

画面を見せる。送信元はでたらめな文字列のアカウント。メッセージは、やはり文字化けのように意味不明の内容が並んでいる。

『かなすすけめばはぬおめかいうえぬれ』

文字列を見た瞬間、天也が眉を顰めて深刻そうな、少し不快そうな顔をした。同じ感覚を共有してもらえるだけで、美月は酔いそうなぐらぐらする気持ちが少し落ち着くのを感じた。

「水神様、スマホも使うの？」

「使わないとは限らないよな、この時代だし」

水神様、見た目はどんな風なんだろうか、と思った。プロポーズをしに行ったり、スマホの契約ができるくらいなんだから、人になれたりもするのだろう。イメージとしてはきっとびっくりするくらい麗しい顔立ちで……。でもそんな人がこういう気持ちの悪いことをしてくるのなら、反転して余計に嫌になってしまう。

「手紙より嫌だなあ、これ……。拒否できるところはまだいいんだけど」

美月は口をへの字にした。

「どういう感覚？」

「物理っていうか、アナログっぽい手だと、まだそれくらいしかできないんだなって感じがあった気がする。デジタルだと、今の人の分野のはずじゃない。そんなことまでできる神様に勝てるところ、ある？」

天也は首を捻る。彼はこちら方面はどうも苦手だ。美月だって、生活で使いこなす以上の知識はない。

「ねえ、これもやっぱり私に好きになってほしくてやってるんだよね？」

仕方がないので、根本のところを聞いてみる。天也の癖っ毛が揺れて、確かに頷くのが見えた。

「何をどうやったらこうなるのかな……。ストーカーもそうだし、これ、意味不明なことを言われて好きになれるって、なんで思うのかなあ」

「眷属っていうのは、基本的にそれほど強くも賢くもない……みたいで」

また、天也が妙に詳しいことを言い始めた。

「こないだの蛇とか。結局は本体の命令に従って、ひたすら頑張って動くだけだから。何か目的があったら、それ以外は余計なことは考えない感じじゃだった」

「こないだは、『プレゼントをすれば喜ぶだろう』みたいなこと？」

「多分。今回も、何か動機自体はシンプルなんだと思うよ。水神様本体も、わりとそういうところがある……気がする」

　ううん、としばらく考える。メッセージを見た時の、ぞっとするような嫌な気持ちがこびりついているようで、頭が上手く働かない。

「天也はどう思う？　モテる男子として」

　告白されるような機会がよくある天也だ。自分よりはその辺の心理に理解が深かったりはしないのだろうか、と思うが。言ってからまた胸がちくりと痛んだ。

「きっと、美月の方がよくわかるよ、そういうの」

　逆のことを言われる。ほんの少し先を歩いていた天也は立ち止まって、くるりと美月の方を見た。空には満ちかけた銀色の月が上り始めていて、天也の白い肌と同じような色合いをしているな、と思った。

「こないだだって、美月の話を聞いて、やっとあちらが何をしたいのかわかったもんな」

「私？　でもあれ、千歳の話をそのまましただけだよ」

「そういうやつ。友達とか話したり、教えてもらったり。そういうのがきっと大事」

　変な感じがした。確かに天也にはあまり友達がおらず、趣味も特に聞かない。時々公太とゲームをしているところを見るくらいだ。モテてはいても、断ってばかりいるそうだし。

　先日と同じく、それでいいのだろうか？　と思ってしまった。美月だって交友関係が広いわけではないが、仲のいい友達がいなければきっと寂しくて仕方がなかっただろう。天也はもちろん大事だし、もっと大事にしたいと思うようになった。だから、今のままでは勿体(もったい)ない気がするのだ。彼女ができるのはどうしても寂しいが、友達くらいは、やっぱりいてもいい。

「天也、あのね。明日(あした)のお昼。ちょっと作戦があるんだけど」

「作戦？」

　うん、と頷いて、また歩き出す。今度は美月が半歩だけ先だ。

「教室に来てね。また、いろいろと話そう」

　いつも流れでやっていたお昼の会が、明確に約束になった。なってしまったな、と思う。思い切って、覚悟を決めて、前に進んだ気持ちだ。そして、こんなことを言ってみた。

「天也は、私のことばっかり構ってなくていいんだよ」

　言ってから、少し後悔する。どうもあの手紙の時から、美月は不安に揺れている。心配ばかりされたくはない。でも、本当に離れられてしまっては寂しいのだ。どっちも嘘ではない、それが難しい。

天也は天也で、それは難しいな、と苦笑した。

「そもそも、目の前で水神様にストーカーされてる子を見捨てるのは、ちょっとね」

「それはそうかもしれないけど、ええとね、構いながらちょっと他のこともやったり、友達と遊んだり、またなんかあったら構ってくれたり、とか」

ゆっくりと整理をしながら、矛盾をできるだけ解消するような言い方をしてみた。

「マルチタスクだ」

そうそう、とスマートフォンを見せる。

「ゲームしてる間でも、メッセージが来たらわかるでしょ。私が動画観てても、天也から連絡が来たらすぐ返事すると思うから。それくらいでいいんだよ」

「心がけておく……」

と、着信の音がピコン、と鳴った。

『ざんがおけいなしごるのねい』

「またこれ……」

「やっぱり、難しくない？　今の美月から目を離す、っていうのは」

そうなのかもしれない、と着信拒否をして、端末をポケットに放り込んだ。その言葉に温かい、ほっとするような気持ちを覚えながら。

「で、作戦というのがこれ」

「そう！」

普段は二個の机をくっつけているだけの昼休み、今日はなんと豪華に四つの机を使用して、もちろんそれぞれの席には一人ずつ人が座っている。他所のクラスからわざわざ来てもらったのだ。そもそも、天也は上の学年の生徒なわけだが。

「紹介します。二年の村上天也先輩。こっちが大友春瑠菜ちゃんで、こっちが金城千歳ちゃんです」

「いや、知ってる……」

美月の対面に座っている千歳が、呆れた顔をしてサンドイッチを取り出した。

「普通に有名人だし、美月といる時に会って挨拶したこともある」

「そうだっけ……そうだったかも」

千歳は、天也に対してはそれなりにファンであるようだが、態度自体は冷静に、突然招かれた『相談会』にやって来てくれた。

「こっちは美月の話で、下の名前だけ知ってたよ。大友さんに、金城さん」

「ええー、なんかちょっと嬉しい」

春瑠菜の方はいつもよりも少し気分が上がっている様子で、手作りというお弁当の箱を開けて煮物の美味しそうな匂いを漂わせている。

「議題は、『ストーカーの心理について学ぼう』で」

「あ、唐揚げ美味しそう。一個ちょうだい。こっちも一口あげるから」

「いいよー。先輩もどうですか。いっつも多めに作ってきてるの」

「議題はー！」

「食べながらにしようよ」

千歳がじろりと机の上を見る。美月の前には、梅のおにぎりがひとつと緑茶のボトルがあるきりだ。

「……最近、あんまり食べてないよな」

天也が続ける。心配してたんだよ、と短い言葉の言外に気持ちが伝わるようだった。

確かに、近頃はあまりお腹いっぱいになるまで食べたいという気分にはなれていなかったが。

「唐揚げ、まだたくさんあるし。あとはー、食欲ないんだったらちーのヨーグルトもあるよ」

「勝手にあげないでよ！　別にいいけど！」

おかしいな、と思う。天也を他の人と喋らせたり、ついでに二人に相談したり、そういうことを計画したつもりだったのだけれど。

「まずは元気出さなきゃでしょ」

「食べられなかったら無理しなくてもいいけどねー」

二人の声は、どうも優しく自分を心配してくれているようで。顔は、よく見えない。少し視界が滲んでしまっていたからだ。

「いい子たちだね」

天也の声も、美月を力づけてくれるように続いた。美月は何度も頷きながら目を擦る。

でも、おかしいな。なんで私が力づけられているんだろう。

でも、嬉しいなとそれだけ思って、まずはおにぎりの酸っぱい梅干しに元気をもらうことにした。

「そんで、ストーカーっていうのは、こないだからのやつだよね」

ツナのサンドイッチをごくんと飲み込んでから、千歳が切り出す。

「あの変な手紙の」

「最近はメッセージが届く」

「最悪ー」

千歳と春瑠菜の声が綺麗に揃った。

「アカウント割れてるってこと？　やだなあ、変更しなよ」

「こないだの迷惑メッセージは無差別だからいいけど、美月を狙ってるならその方がいいよね」

ねえ、と顔を見合わせる二人に、美月は気になっていたことを質問してみた。

「それはするとして、ねえ、こういうことする人って何がしたいんだと思う？」

そんなの知らないよ、という顔をされる。天也が、あんパンから口を離して続けた。

「こうして直接メッセージを送ってくる人と、その無差別の迷惑なやつとはどう違うのかな。例えば、悪意はないとして」

「悪意がなくてこんな気持ち悪いやつ送ります？」

千歳は首を傾げている。水神様云々（うんぬん）の話はしないでおくとなると、なかなか説明が難しい。

「んっと、じゃあこれが……例えば、全然日本語がわかんない人が純粋に送ったやつだったりするかも、ってことですか？」

春瑠菜はもう少し踏み込んでくれた。

「ちょっと変な気はするけど……」

「別に、仮にそういうこと、ってことでいいよ。その場合、何を美月に期待しているのか、とかを知りたい」

春瑠菜は首を傾げながら答える。

「それは、返事じゃないですか？」

「言葉がわかんないのに？」

千歳が口を挟む。

「やり取りできて嬉しいとか。美月のことが好きでやってるなら、わかんなくても反応があれば喜ぶでしょ」

ふと、天也のもらったラブレターを思い出す。あれはずっと穏当な手紙だったみたいだが、好きになって欲しい相手からの返事が欲しかったのは一緒だろう。

「コミュニケーション……？」

美月が呟くと、三人は揃って彼女の方を見る。

「そういうことだよね。えっと、私にすごく話しかけてきて、楽しいでしょ、返事をちょうだい、みたいな」

相手の目的は好きになってもらうことなのだから、多分今やられているのはその取っかかり、コミュニケーションの発端なのだ。石を投げられているのと、気分的にはさほど違いはないのが問題ではあるが。

「それ、ウザいナンパと変わらない……というか、伝わらない分、嫌」

千歳はあくまでばっさりと切り捨てる。

「それこそ、こっちとしては迷惑メッセージと全然変わらないよねえ。反応したら変なことになりそうってとこも一緒」

春瑠菜が受け取っていたメッセージには、ずらずらと長いアドレスへのリンクがあった。飛んだらなんだか悪いことになるぞ、という噂の。

天也は腕を組んで、何か考えている。どうするんだろうな、と思った。この間は物理的に現れてくれたから物理的にやっつけたけど、今回はどこにいるのか、どういうものなのか見当もつかない。いや、そもそも天也に頼りっぱなしでいいのか、とそこからだ。

「とりあえずうちらは、なるたけ美月の傍にいて、誰かが変なことをしてないか見張る、とかそれくらいだよね」

先生には本当に相談しなくていいの？　と不安げではあったが、ともあれ千歳はそういう提案をしてくれた。

「うん、帰りは僕が見るから、何かあったらよろしく」

あらあら、と春瑠菜が興味深げに笑う。千歳もちょっとだけニヤニヤしていた。相変わらず仲良しー、という目だ。

「何かあったら、もっと話してくれていいんだからねえ」

うん、と心底ありがたく受け取って、そうして美月は笑った。

「ありがと。唐揚げ、一個もらっていい？」

油は少し胃にもたれはしたが、春瑠菜特製の唐揚げは、冷めてもきちんと美味しい味がした。母親の作ってくれる味とはちょっと違うのが不思議で、面白くて、久しぶりにちゃんとお腹に溜まるものを食べたような気がして。

同時に、生贄になったら、こんな風に食べられてしまうんだろうか、とも思った。それは絶対に嫌だな、と、お腹の底に力が少し湧いてきた。やっぱり、作戦は決行して良かった。ぽつぽつとでも会話をしている天也のためにでもあるし、憧れの先輩と話せてまんざらでもなさそうな二人のためでもあるけれど。何より自分のためだ。自分が元気になるために、負けないために。三人とこうして話せて、きっと良かったのだ。

そうして、少しでも天也に心配をかけないようにするためにも。

「……ね、天也」

元気が出たところで、ふと美月は隣を向いた。天也はパンをいくつか食べ終え、ごくごくとボトルの水を飲んでいる。

「これ、返事をするのって、やっぱりダメなのかなあ？」

長いまつげが瞬きで揺れて、天也がゆっくりと口から透明のボトルを離す。美月は、ちょうど今降ってきた思いつきを、天也に向けて開示することにした。

ただいま美月、今日も元気だったかなあ、なんて楽しそうに公太が帰宅してきたのは、美月が制服から着替えてひと息ついた頃だった。白っぽいマフラーを解いて、カーキ色の鞄を下ろして、その辺に置く。両親は遅くなるので、ご飯だけ美月が炊いて、あとは作り置きのおかずを温めて食べる予定だった。だから、キッチンカウンター越しに返事をする。

「おかえり。あんまり元気じゃなかったけど、ちょっと上がってきた感じ」

「お、似合うなその服。もこもこしてて可愛いし、オーバーサイズなのがお洒落だよな。冬って感じがする」

「着る毛布だよ……」

だぼだぼした暖かな上着を見下ろす。兄のこの癖はちょっとどうにかしないと、逆に褒められた気がしないな、と思った。

「元気じゃなかったのは、あれ？　また変な手紙だかが来た？」

「来た。けど、頑張って逆襲することにした」

炊飯器をセットして、カウンターから身を乗り出す。

「逆襲か」

「そう。お兄ちゃんにも念のために言っておいた方がいいかなって思うんだけど、聞く？」

「その言い方で聞かないわけにはいかないな」

どうぞ、と促されたので、美月は自分が提案して天也が改良を施した、とっておきの策を教えてあげることにした。台所から出て、兄が座っているダイニングの席の向かいに座る。椅子にはトム次郎を座らせていたから、横に避けてあげた。一人で家にいるのは少し怖かったので、せめてぬいぐるみでも傍にいる友達が欲しかったのだ。

「あのね、要は逆におびき寄せちゃおうって話なの」

「おびき寄せる？」

「そう。返事して待ち合わせして、油断して来たところを退治しちゃえ、っていう」

公太はそれを聞いて一気に不安そうな表情になった。乗ったジェット機のパイロットが新人なのを知ってしまった、みたいな顔だ。

「大丈夫か、それ」

「大丈夫……だと思う。というか、他にやり方がわかんない」

「それにしても危ないだろ、ああ、一緒についていってやるから、それこそ警察に……」

見てこれ、とスマートフォンの画面を見せた。そこには、相変わらず意味不明の文字列がずらずらと並んでいる。今日、ついさっきまでだ。最後に、美月から送った地図がある。ここに来てちゃんとお話しましょう、という内容だ。返事はまだ来ていない。

「私、昼間にアカウント新しくしたよって連絡したよね。天也と、友達と、うちの家族と、あとおじいちゃんおばあちゃんにだけ教えたの。でもその後も新しい方にメッセージが送られて来たんだ。普通じゃないよね、これ」

「バレてるってことか」

「知らない間に、普通じゃない方法で見られてるのかもしれない。ちゃんと周り確認して操作したんだよ。だから、やっぱり警察とかでどうにかなるのか、よくわからない。天也に頼るしかないのかなあって思う」

　また天也か、と公太は露骨に不服そうな顔をした。嫌い、とか恨みがある、とか、そういう強い負の感情ではないのだろうと思う。対抗心、ライバル意識が近いだろうか。何に？　妹と特別仲の良い幼なじみだから？

　そう考えると、なんとなくおかしくなってしまう。

「お兄ちゃん、ほんとそろそろ妹離れしなよ」

「そういう問題じゃなくて。なんであいつがそんなに詳しいのか、とか。本当にそれで合ってるのか、とか。そういうの、ちゃんと疑ったり確かめたりした方がいいと思うんだよな」

　別に、悪いことをしてると思ってるわけじゃないが、と言い訳をする。それはそうだろう。公太だって昔から天也のことは知っているわけだし。悪く思いたくてそんなことを言っているわけではないのはわかる。

　でも、なんでだろう、と思った。そう言われても、天也のことはどうしても信じたい、と思ってしまう。とんでもない非日常の出来事から美月を守ってくれたこと。子供の頃からずっと知っているあの黒い目。今だって、いろんなことを置き去りにして美月を助けてくれる。そんな天也だから、言えないことがあっても、そのうち話してくれる時を待ちたいし、教えてくれるのなら、しっかりと聞いて受け止めてあげたい。それが、多少びっくりするような秘密であってもだ。多分、水神様に生贄にされかけている状況よりも驚くようなことはないだろうけれど。

「……でも、そうだね。話すのって大事だって思う。ストーカーされるようになってから、余計そう思った」

　スマートフォンを見ながら考える。謎のアカウントから、天也との会話に移動する。いつもそっけない短文しかくれないが、それでもちゃんと真面目に応えてくれる相手だ。送った写真への感想も一言なら返してくれる。あのラブレターへの返事は、どうだったんだろうか。短くてそっけなくて、でも冷たくはない、そういう文だったんだろうか。

「相手ももしかしたら話したいって思ってるのかもしれないんだけど、私のことわかって、ちゃんと通じる話をしようと思ってくれてないんだよね。それじゃあやっぱり、好きになりたいとか、反応してあげたいとか、そういう風には思えないでしょ」

「なるほどなあ」

そりゃそうだよな、と兄は頷く。

「俺と話して、少しは気が晴れたかな。ありがとね」

「もちろん、すごく助かった。ありがとね」

それを聞いて調子に乗ったのか、兄さんは美月のためならなんだってやるとも、などとふざけだしたので、隣に控えていたトム次郎をぼふんと渡してやる。

「いや、俺はトムくんじゃなくて美月と話したいんだけど……」

「ご飯の時に喋ったげるから、またね！」

部屋に戻って、ベッドに身を投げ出す。返事次第では明日、美月はとても危険な目に遭うかもしれないのだと思うと、緊張が戻ってきてしまった。

着信音。

慌てて画面を見る。謎の相手からの新しい返事だ。

『はい』

これまで届いたどんなメッセージよりも、背筋がぞわりと逆なでられたような気持ち悪さがあった。

通じない言葉は、怖い。でも、通じる言葉は、時にそれよりももっと、ずっと恐ろしいものなのだと思い知った。


翌日の放課後、日が落ちてから。人にできるだけ迷惑がかからなくて、でも人がいるところから離れてはいなくて、明るすぎず、でも暗すぎなくて、天也が隠れる場所があって……。そういう観点で選んだ場所は、駅の近くにある大きめの駐車場だった。少し走れば助けを求めに行くこともできる。なんなら、交番も遠くはない。

「考えてる手はあるけど、少し時間がかかるから」

「うん」

「場合によっては、美月に引き延ばしてもらうことになるかも。急ぐけど」

「わ、わかった」

天也はなぜか鞄の中をチラリと見て、頼むぞ、とでも言いたげな顔になってから闇の中に消えていった。手というのが何なのかはわからないが、信じて頑張るしかない。いつもいつも頼りきりなのは気に掛かるが、とにかく解決をしなければ。

入り口の明かりのところに立って、冬の夕の暗闇の中にぼんやりと浮かび上がりながら、誰とも知れない相手を待つのはなんとも心細かった。公太にははっきりとは言っておかなかったが、要は美月が囮になるというのが今回の肝なのだ。美月自身が考えた作戦なのだから、自分がちゃんとやらなければならない。天也だって渋々賛成をしてくれたし、手を考える、と言ってくれた。兄に話しておいたと言ったら、やっぱりちょっと嫌そうな顔をしていたのが少し面白かったけれども。

道には時々人が通る。車はさほどではない。それも日暮れと共に少しずつ少なくなってきた気がして、さらに心細くなってきた。時間はそろそろだ。眷属とやらが時間を守るタイプなのかは知らないし、早めに来る方だったらそろそろ現れてもおかしくない。前の蛇の時のことを考えると、普通に道を来るかどうかも怪しい。

上を見る。大きな原色の看板と駐車場の入り口を照らす明かりは煌々として、何かが潜んでいる様子はない。駐車場の中の暗がりも、どうにか見通せる。動くものがあればすぐにわかるだろう。道は今は無人で、やはり何も来る様子が――いや。

街灯の明かりが、一瞬消えて、また現れた。上から何か来るのだろうか、と見上げると、看板の一部が黒い影で隠れているのがわかった。形はよくわからない。また蛇なのか、とそれがずるり、と動き出すのを息を潜めて待った。

影が消えた。違う。下にぼとりと落ちたのだ。落ちてべちゃりと潰れたようにも、アスファルトに溶けたようにも見えたそれは、再び大きく立ち上がった。ひっ、と喉から音が出そうになったのを押し止める。ずんぐりした、それでも美月よりもよほど大きな影が、どこか人とは違う、ぎこちない様子で立っている。明かりに照らされたその表面はぬるぬると湿った様子で、拳(こぶし)ほどもある目と裂けたような口が笑ったように見えた。蛙だ。人よりも大きな。手には何か持っている。不似合いにメタリックな色合いの、美月と同じ機種のスマートフォンだった。

　蛙の喉の奥からぐるぐると、美月の耳には意味をなさない音が流れ出した。震えながら思う。ああ、これを文字にするとあの手紙になるのだろうか。この水かきのある手なら、ペンを持っても震えるのも道理だ。何か耳触りの良いことを言っているのかもしれないが、何もわからない。

「ごめんなさい。わからないんです。わからないから、何もお返事ができません」

　蛙の影は首を傾げたように見えた。

「何か言ってくれてても、私にわかる言葉じゃなきゃ意味がないんです、手紙も、メッセージも」

　低い響きはなおも続き、蛙が一歩前に踏み出した。ふわ、と水の匂いがした。汚水というほど臭くはないが、水道のきれいな水よりは濁っている、川か池の水の匂いだ。この蛙が普段棲(す)んでいる場所の、水神様がいるという土地の匂い。美月の先祖も住んでいたらしいが、懐かしいという感じは特にしない、ただただ美月は泣きたくなっていた。天也はまだ動く様子はない。

『いいえ』

向こうの手が動いて、それだけが美月の端末に送られてきた。ぞくりとする。

「それだけじゃわかるってことにならないでしょ。何がいいたいのかわからないし」

『いいえ』

「いいえじゃなくて……」

困惑しながら、それでも言わなければいけないことはひとつ。

「嫁入りがどうとか、生贄（いけにえ）がどうとか、そういうのは、お」

お断りします、と続けようとした。声が震える。天也は、とにかく引き延ばしてから断って、と言っていた。一人で頑張らなきゃ、と思って作戦を立てた。でも、怖い。一人は、怖いのだ。声が詰まって、ただ首を横に大きく振った。

天也。早く来て。

『いいえ』

スマートフォンが震えて、それだけのメッセージが来た。

ぐるぐる、ごろごろ、げごげご、と声がする。不器用そうな手が、小さな端末をどうにか操作し終えたところだった。わからないんだ、と思った。こちらの言葉は通じていて、でも、こちらにわかる言葉ではイエス・ノーくらいしか答えられない。それ以前に、こちらの気持ちがわからない。わかってくれない。わからないことすらわかっていないのかもしれない。だから、あんなに変なメッセージを送ってきて。そんなの、信用できるはずがない。

「私は、私が信じられる人じゃないと、一緒にいるのは、嫌！　あなたのやり方はダメ！」

『いいえ』『いいえ』『いいえ』『いいえ』。何度も同じ文面が送られてくる。さすがに恐ろしくなった美月がぱっと逃げだそうとした瞬間。蛙は横一文字の口を大きく大きく開けた。呑まれる、と思った。天也が一度蛇に呑まれた時のことが思い出された。あの時は助かったけど、今回は。

やだ。来て。天也。

鈍い音がした。何かがぶつかった衝撃音がして、あの蛙がいかにも弱ったような低く長い声を上げた。

「美月！」

どさ、と地面に落ちたのは肩掛けの鞄だった。見覚えがある。帆布で出来たカーキ色の、丈夫なものだ。

兄の公太が、毎日通学に使っている。

「何をやってるんだ、お前は！」

駐車場のすぐ傍の曲がり角、公太の巻いている白っぽいマフラーはよく目立った。

そうだ、地図を見せていた。心配して来てくれたのだ。それで、鞄を投げて助けてくれた。

大丈夫か、と駆け寄ってきた公太に、美月は詰まりそうだった息を、はあ、とようやく吐き出すことができた。

蛙は、星のない空を仰いで苦悶の声を上げているようだった。それからまたぎょろり、と落ち着かない様子で美月と公太を見やる。肉の色をした長い舌が口からこぼれ落ちて、湿った音を立てる。それは美月目がけて長く長く伸び――。

「ごめん、美月！」

もう一度、先ほどに近い衝撃音がした。真っ黒いコートの天也が落ちた鞄を拾って、蛙をさらに殴りつけたのだ。舌はとっさに庇おうとした公太の腕をべろりと舐めて、そのまま宙を切った。

「『手』を準備するのに、時間がかかった」

蛙と美月の間に割り込むように、天也が滑り込んでくる。公太とは違って、周りの闇に溶けそうなその姿は、それでもやっぱり頼もしかった。

蛙が、口からざばざばと水を吐き出す。天也は手を広げて美月を庇うようにする。頭からびしょ濡れになって、それでも彼が立っていてくれたおかげで、美月は少し飛沫を浴びた程度で済んだ。濡れたところがすぐに冷えて凍えそうになる。すぐに公太が腕を引いて、一歩後ろに下がった。

天也の黒いコートの袖口から、何かが静かに滑り落ちるのが、逆光の中で僅かに見えた。それは黒い長い紐のようで、でも生きていて、手も足もない。

「行け」

北風みたいに冷たい、よく通る声が響いた。

蛇？　美月は瞬きをした。間違いない。この間こちらを襲ってきた蛇だ。その黒い影は一瞬だけ人くらいに大きくなって、大きく大きく口を開き。

水を吐き出して少し縮んだ蛙を、飲み込もうとした。

飲み込もうと、というのは、口から喉元にかけてほぼ呑んでいる状態なのだが、どうにか足だけがはみ出してぴくぴくと痙攣をしている、という有様だったからだ。一呑みにしようとしてできかねているのか、初めから喰らうつもりはなかったのか、どちらかはわからない。蛇の口からもざばざばと水が溢れ、駐車場の地面は局地的に大雨が降ったかのような様子になる。やがて二匹はじわじわと縮んで、当たり前よりは少し大きいくらいのサイズの、ただの蛇と蛙になった。

そうしてぺっ、と吐き出されてぐったりした黒っぽい蛙を、天也は手で捕まえる。

蛇も同様だが、こちらは大人しく腕に絡んでいるようだった。美月は呆気に取られて、横の公太は少し眉を顰めた顔でそれを見ていた。ややあって、我に返った美月は恐る恐る天也に声をかける。

「……天也、大丈夫？」

　髪からコートからびしょ濡れで、冬の空にはさぞかし寒かろうとは思うが、天也は幼なじみの声に振り返る。濡れた口元を軽く手で拭って、大丈夫、と答えるように笑ってみせた。

「もっと早く出てくるつもりだったんだけど、ギリギリまでこいつが協力するって言ってくれなかった」

　黒い蛇は言い訳でもするように、ちろちろと舌を出している。近くで見るとやっぱりなかなかかわいいものだな、と思った。

「これが『手』？　協力っていうか、これ、元々悪い奴でしょ？」

　手も足もないくせに、と少し警戒して睨みつける。

「僕が拾ったから、大丈夫」

　美月はどうしても聞き捨てならないことを聞こうかどうしようか迷って、やはり声を上げることにした。

「その、それ、神様の眷属なんだよね。なんで天也が命令とかできるの？」

「ん、ああ……」

　天也が頭を掻くと、水が数滴したたり落ちる。

「ええと、それは……」

「水神様がいれば、それを祀る家もあるよな」

公太が口を開いた。美月を横目でちらりと見て、彼女に言い聞かせるような調子だった。

「お前、そこの家の奴だろ。だから色々知ってるし、今みたいな妙なこともできる。そうだな？」

天也の黒い目が見開かれた。そういえば、そんなことを少し言っていたと思い出す。

「大学の図書館とか、民俗学のゼミの教室に行ったりしたら、少し資料があった。村上ってのは普通の名字だけど、あの辺りではほとんど見かけないらしい。例外が一軒。多分、祭祀の家だろうと思った」

「調べたの？　曲瀬のこと？」

「逆になんで調べないでのんきにしていられるんだ、美月は」

呆れたような顔で公太は言うし、天也はもごもごと口ごもっている。

「……そう。今はもちろん、ほとんど言い伝えは絶えてる、けど。僕も大したことはできない。でも、美月は守らなきゃいけない、と」

じゃあ、全部家の義務だったんだろうか、と気持ちがしんなりするのを感じた。疑問も浮かぶ。

「そういう家なら、むしろ生贄を捧げないといけない立場じゃないの？」

「別に今は大水が出てるわけでもなし。人の命を捧げなきゃいけないとは思わないし……」

隠したり、嘘ついたりはやめような、天也。公太が言う。天也はそんな相手を悔しそうにじろりと見た。

「美月が大事だよ。だから、生贄にはさせたくない。家とか立場とかじゃなくて、僕がそうしたい」

ほっと息を吐く。その言葉が聞きたかったのだと、今じんわりと沁みるように思った。

「ありがとう」

そうだ。一人で頑張らなきゃいけないとか、心配をかけたらいけないとか、そういうのはきっと違うんだ、と思った。傍には天也がいてくれて、公太が助けに来てくれて、千歳や春瑠菜も励ましてくれて。こうやって話をして、相手のことをわかることだってできるんだと思う。

「とりあえず」

天也が片手に摑んだままの蛙を見つめて言った。

「こいつも僕が預かっておこうかな。水神様、眷属はちゃんと躾けてほしいよ。今回のとかは絶対やり過ぎて、本人も不本意に思ってるんじゃないかな」

　天也が、もう片方の手に持っていた鞄を公太に差し出す。どうも、と公太はそれを受け取った。

「大丈夫？　蛇とケンカしない？」

　天也の袖口に隠れ、ちろちろと舌を出す蛇の目からは感情は読み取れないが、なんとなく油断しているうちにまた蛙を飲み込んでしまいそうな気がする。美月と蛇の目が合うと、小首を傾げられた。

「それより、また逃げ出して変な手紙を送ってきたりしないように見張ってないと」

　それを聞いて蛙が、ぐう、と喉を鳴らした。そのまま頭を横に揺らす。

「何？」

「もうしないって言ってるけど……」

『いいえ』ということだろうか。蛙が持っていたスマートフォンも、地面に落ちていたので回収する。返して、と言うように蛙はじたばたと手足を動かした。天也が、こら、と子供相手みたいな叱り方をする。そのまま蛙はしょんぼりとした様子でうなだれてしまった。

　だらんとなったままの蛙の水かきを見る。この手……もとい前足が、頑張ってよくわからない文字を見よう見まねで書いたり、メッセージを打ち込んだりしたのだな、と思うとなんだか愛嬌を感じないでもなかったが……また同じことをされるのは困る。

「……人は手紙とかでやり取りするもの、って知識だけはあったのかな」

「下駄箱にラブレターを入れる、とかもね。こいつなりに頑張ったのかもしれないけど、根本がダメだったみたいだ」

それにしても、スマートフォンなんかはどうやって手に入れたんだろう、と気になった時。

「美月、天也。車来た」

ヘッドライトが辺りを照らして、駐車場に車が一台入ってきた。三人はそれを避けて、道路の方へと歩く。

くしゅん、と天也がくしゃみをした。そういえば、この寒いのに濡れたままだったと気付く。車の主は、なぜか残ったタイヤの濡れ跡に首を傾げたりするだろうか。

「帰ろっか」

お互いほっとした様子の顔を見合わせて笑った。鞄からハンドタオルを取り出して、取り急ぎ髪を拭いてやった。

美月が大事だよ。その言葉だけが、ほんのり熱をもって耳の中でこだまし続けていた。

　迷惑メッセージ騒ぎが解決したよ、という話は、休み時間にすぐ千歳と春瑠菜に伝えた。それは何より、と二人とも喜んでくれる。いい友達だと思った。今後も何かあったら、全てではなくてもちゃんと話して共有して、聞いてもらおうと心に刻む。それに、兄にはもっといろいろと相談することができそうだと、それも嬉（うれ）しい展開だった。

「犯人誰だった、とかは？」

「それは言えないんだけど」

　多分、二人は状況から学内の誰かだと思っているのだろう。それとも、侵入していた不審者とかであるかもしれない。

「とにかく、もうやらないってことになったから。それは大丈夫」

「安心した。もし万が一があったらほんと警察だからね」

「ね！　先生にもちゃんと話すんだよ！」

　蛇と蛙は天也の家で、鶏肉などを食べて元気にしている、と聞いた。水神様の仲間でも鶏肉、食べるんだなあと思う。美月も唐揚げには元気を貰（もら）ったし、まあ、そういうものなのかもしれない。

『ささみが好きみたいだった』

そんな飼育日記みたいなことを、天也は聞いてもいないのに教えてくれる。あっちはあっちで、よくわからない。出自のことはようやく教えてもらえたけれども。

ただ、何気ないメッセージのやり取りは、少し増えた。最近では画像を送ることを覚えたらしく、たまに少しブレた風景や、例の蛇と蛙がまるで威厳は感じさせない様子で、並んで気持ちよさそうに寝ているような写真が流れてくる。今度加工のやり方を教えてあげようかな、と美月は思っていた。

「でも、あれだよね。最初手紙だったのに、メッセージに切り替えたのってなんでだろ」

最初はアカウント知らなかったんじゃない？　などと二人は推理でもするように話している。美月は瞬きをした。

そういえば、なんでアカウントを新しくしたのにすぐわかったんだろうな、と今さらのように気にかかった。蛙も小さくなれるようだから、こっそりその辺に紛れて美月を見ていたのだろうか。蛙は『はい』と『いいえ』しか答えられないけど、上手く質問すれば誘導できるのだろうか。

それも、やっぱり天也に聞いてみよう、と美月は妙にうきうきしている自分に気付いた。

「なんか嬉しそうにしてるけど、やっぱり解決して安心した？」

千歳が窓枠に寄り掛かって立ったまま言う。

「それはもちろん」

もちろん、そうなのだが。なんだろう。天也と話すことが増えて、やり取りができて、そういうこと自体がとても嬉しいと、今回特に思うようになったのだ。それさえできていれば、他からいくらラブレターが来たって、きっと気にならない。……それほどは。

着信音。

一瞬身構えてしまう癖はしばらく抜けそうにないが、あの意味不明な文字列ではなく、天也からのメッセージだった。黒っぽい画像が一枚、送られてきている。それから一言。

『雪』

よく見るとそれは、黒いコートの上に小さく載った白い雪の結晶で、六角形に枝の生えた形が微かに見て取れる。美月は千歳の隣に立って、窓の外を覗いてみた。ちらちらと小さな欠片が、風に乗って舞っている。粉雪だから積もりはしないんだろうな、と少しだけ残念に思いながら、地面を見下ろす。

下には遅刻でもしたのか、ちょうど真っ黒な格好の天也がいて、こちらを見上げたところだった。天也は微かに驚いたような顔をして、珍しく柔らかく解けるような微笑みを浮かべた。

『綺麗だね』

美月は一言だけ送信して、それから眼下の天也に対して小さく手を振った。天也は手を振り返すようなことはしなかったが、軽く右手をこめかみの辺りまで上げて、そうして白い息を吐くと、冷たい空気に満ちた外から暖かな校舎へと足を踏み入れ、姿が見えなくなった。

空は灰色の雲で覆われていて、外は薄暗い。天也は、また次が来るかも、気をつけて、とも言っていた。わからないこともたくさんある。天也自身のことだってそうだ。天也を大切に思うようになるごとに、不安もたくさん増えていく。

もう一度、スマートフォンの画面を見る。

『大丈夫だよね』

何が、とは言い難くて、曖昧な聞き方になった。自分の、それから天也のこれから先について、そういうことを聞きたかったのだけど、上手く言葉に出来なかった。返信はすぐに来る。

『大丈夫だよ』

やっぱり、何が、とは言わない。

美月は暖房の空気を吸って、吐いて、心を温めた。そうして、今のところは。

綺麗な雪を送ってくれた天也を、彼を大切に思う自分の気持ちを。美月は信じることにした。

3話　春の恋話

春は出会いと別れの季節という。手芸部の三年の先輩たちは穏やかに卒業して、美月と天也の教室は一階ずつ上に上がった。新しく美月の教室になった二年一組は去年の天也のクラスで、でも、それらしい空気などどこにも残っていない。窓際の席が良かったな、と思いながら、廊下寄りの教卓に近い席がくじ引きで割り振られた。

席決めの時だ。先生、と一人の眼鏡の生徒が手を上げた。

「あたし、後ろだと黒板あんまり見えないんです」

金城千歳は今年は美月と同じクラスで、お互いハイタッチして喜んだものだ。

「そこの空いてる席、太田(おおた)さんと交換してもらってもいいですか」

その日たまたま休んでいた女子は、ちょうど美月の前の席だった。千歳はちゃっかり友達のすぐ傍をゲットした、というわけだ。

「そんな見えないわけじゃないでしょ」

「見えるわけでもないよ。別にこれ伊達(だて)じゃないもん」

　美月と、天也と、春瑠菜と、そして千歳。四人が揃って食事をする昼休みに指摘をするも、けろりとした顔だ。千歳は学校では眼鏡をかけた大人しげな様子をしていて、終わった途端にさっさとコンタクトにしてピアスを付け替え街へ出掛けていく、そういうタイプの子だ。帰りはあまり一緒にはならないので、具体的に何をしているのかは知らない。バイタリティがあるなあ、と美月はよく圧倒される。

「ずっとコンタクトじゃダメなの？」

「先生への印象の問題と、あと単純に眼鏡の方が楽」

「ずっと眼鏡じゃダメなの……？」

「それこそ印象の問題。眼鏡は男にウケが悪いよね」

　にっ、とあまり大人しくも見えない笑みを浮かべる千歳に、いいなあー、と春瑠菜が声を上げた。

「クラス、私だけまた離れちゃったよう」

「昼とか部活とかあるからね」

「いい子にしてなね」

「……僕は学年も違う」

　ぼそり、と天也が珍しく冗談じみたことを口にした。三人の視線が、水を飲む天也に揃って、照準を合わせるように向く。

「村上先輩、三年になってもこっち来るんですか」

「そんなに美月が好きなんですかー」

「それはともかく、お友達はちゃんとできそう？」

お母さんじゃないんだから、と天也は困った顔をした。昼休みに彼が美月を訪ねてくるのは相変わらずで、周りがまだ慣れずにざわついているのも予想できることで、それでも天也はどこ吹く風で飄々（ひょうひょう）としている。結果、女子三人、男子一人の妙ちきりんな昼食のグループはなんとなく継続していた。

「何かおかしい？　僕が行きたいところでご飯を食べるのは」

「おかしくはないけど、存在感すごいんですよ、先輩」

ねー、と女子二人が顔を見合わせる。

「また前みたいなことがあったら大変だと思って。できるだけ美月の傍にいた方がいいだろ」

軽く黄色い声が上がったのは、なんだか天也と美月は付き合っているものだと決めつけているグループからで、妙に視線やクスクス笑う声を感じることがある。美月としては、前はあっさりと片付けていたところだが、最近は少し気分が違っていて、肩のあたりからこめかみくらいまでがそわそわと熱くなるようになった。やっぱり冬くらいからだろうか。事件が続いて、それで、美月と天也の状況がどういうことなのかわかるようになって。あれ以来公太も何かとお土産を買ってきたり、家の周りをパトロールしたり、綺麗に映えた写真つきのメッセージをやたらと送ってきたり、と世話を焼いてくれている。焼きすぎているくらいだ。

「先輩、そういうのはですね。もうちょっと寄って」

千歳がさっさと手を振る。天也は椅子を美月の席の方に動かした。

「もうちょっと傾いて。そう。手は肩に回して」

そわそわしている美月の肩を、ぐい、と意外と大きな手が摑んだ。あまり体温は高くない天也だが、それでも温かさが制服越しに伝わる。古城で吸血鬼やってそう、などと言われる端整な顔がゆっくり近づく。

「はい、それで同じセリフ」

「……できるだけ、美月の傍に」

多分、面白がっているのだろう。耳の近くで低く、内に秘めた熱を抑えたような声がした。

「いた方がいい、だろ？」

「それ！」

友人二人は急にテンションを上げて、ガタンと立ち上がる。後ろから何か騒ぐような声もした。美月は、ただでさえ上がりかけていた熱が倍になってしまったような気持ちで、ぐるんと相手の腕を取って払った。

「今の、合気道っぽかった」

「うるさいなあ、もう、ふざけてそういうのするのやめてよ」

周囲を軽く睨みつけて、まだ熱い顔を冷ますように両手で頬を押さえる。

「何で習ったの、さっきのは」

「漫画」

「また漫画。天也はもっと現実から学ぼうよ」

くつくつと笑いながら、天也は楽しそうに言う。

「反応が面白かったから、正解だろ。またこういうの教えて」

はあい、と友人どもは声を揃える。勘弁してほしい、と思う。思ってから、何をだろう、と首を傾げたくなった。

自分の希望より変に距離が近すぎるのを？　それとも、周りからからかわれるようなことをされるのを？　周囲にイニシアチブを取られているのが嫌？　それとも？

いくつか可能性が浮かび、どれも違うような気がしてしまう。何かあるんだよな、きっと、と考えながら、なんとなくそれが見つからない方がいいような気もしていた。

こうしてみんなで揃って仲良く話していられるのがいいな、とそれだけは確かだったからだ。

その日の放課後。掃除も終わり、まだ使い慣れない様子の教室もきちんと整えられ、こうして少しずつ自分たちの場所になっていくのかな、と予感のような感慨のような気持ちを美月がぼんやり抱いている横で、千歳は帰りの支度が早かった。さくさくと鞄（かばん）を手にして、じゃあ、と手を振る。

「デート？」

しいっ、と指を立てられるが、否定はされなかった。なんだか法律に詳しい彼氏がいる、という話を以前聞いて、その後はよく知らないが、まあ元気そうだから楽しくしているのだろう、と思う。軽い足取りで行ってしまった。

「彼氏がいるっていいものなのかな」

そう言ったら遊びに来ていた春瑠菜に何を言っているのか、という顔をされた。

「もうほぼ付き合っているようなものじゃない？」

「そうなの……？」

「家族ぐるみなんでしょー」

「家族っていうか、向こうが一方的によく来るというか……」

天也の家族のことは、付き合いが長いわりによく知らないな、と思う。聞くとあまり仲良くない、と判で押したように答えられるので、関係の改善はしていないらしいな、とそこで引いてばかりだ。

薄情だろうか。いつか力になってはあげたいのだけれども、と考えを巡らせて。違うな。今、力になってあげたいな、と気持ちのスイッチが切り替わったのを感じた。ずっと助けてもらってばかりなのだ。美月にだって、できることがあるならちゃんとしてあげたい。せめて、話を聞くくらいは。

「まあ、仲がいいのはそうだと思うけど。友達と恋……恋人？みたいなのの違いってよくわかんないな」

「今照れたでしょ」

「うるさい。まつ毛取れかけてる」

あはは、と春瑠菜は笑いながら鏡を取り出して、うわほんとだ、とこそこそ目元を直し出した。この子はこの子で、元は周りに溶け込むために派手にしていたらしいのだが、こうしてちょくちょく美月たちのところに絡みに来るのに特にファッションを変える様子もないのだから、なんだかんだ気に入っているのかもしれない。

「ありがとー、どっちにしろトイレで直さなきゃだったけど」

ん、と思った。この子は見た目よりずっと大人しくて、学校の後は大抵家に直帰をしていたと思ったのだが。わざわざメイクを直すのは、普段と何かちがう。他に用事がある時だ。

「珍しいね、遊びに行くの？」

「ん。ちょっとねえ、最近友達がねえ」

なんだか妙にもじもじとしている。

「ね、スカート短すぎないかなあ」

「いいバランスじゃない？　かわいいよ」

「ほんと？　ほんと？」

両手で口元を押さえて、なんだかとても嬉しそうにして、ああ、そうか、と思う。

もしかしたら、春瑠菜も見つけたのかもしれない。こうしてかわいいよって一番言ってもらいたい相手を。

「さては……」

「待って待って待ってー」

途端に慌てた様子になる。少し意地悪な気持ちが生まれなくもなかったが。

「ちゃんと話すから、そのうち！　ね！」

性格上、そう言われると強くも出られなくなってしまう。

「じゃあ、そのうち友達とどう違うか教えてよね」

「すっごい恥ずかしい、それ！」

じゃあまた明日(あした)、とはにかみながら小さく手を振る春瑠菜は、見たことのないなんとも可愛らしい、ぱっと花開いたような顔をしていた。先に行かれてしまった、というやつかもしれない。自分もいつかあんな風な顔をすることがあるのだろうか。相手は……。

天也相手に？

どうしてもぱっと浮かんだ顔が消えなくて、一瞬固まってしまう。本当に、からかわれている通りなのか、と考えながらドアの方へ行く背中を見送って——。

「あ、みっちゃん。村上先輩来てるよ」

こちらを振り返った春瑠菜に、ばっちりと気難しげな顔をしているところを見られてしまった。

そんな経緯(いきさつ)があったせいか、天也との帰りの道には、はじめのうちだけなんとはなしに気まずさが漂っていた。もちろん、向こうは美月の事情など知るよしもないのだから、あくまで一方的にだ。

「千歳がね、彼氏と会ってるみたいなんだよね。前と同じ人なのかはわかんないんだけど」

「そう。あんまりそういうこと話さないよな、金城さん」

「そしたら、春瑠菜までなんかウキウキしてて。あ、これは内緒ね」

「へえ」

目を瞬かせる。意外そうな天也の様子に、少し嬉しくなる。友達をちゃんと見てくれていたんだな、という嬉しさだ。二人とも、男子には誤解されがちな子だから。

「今日、駅の方に行ってちょっと買い物がしたいなあ。いい？」

「いいよ。別に用事もないし」

「最近は変な事件もないからいいね。ぽかぽかしてるし、平和」

「うん。何よりだ」

ゆっくりと、人の多い、大きめの通りに向かって足を動かす。天也が自分に合わせて少し速度を落としてくれていることは、ずっと前から知っていた。

「でも、二人ともそういう話があるの、なんだか寂しいなあ」

「そういうものか」

「休みの日とか、そっち優先になっちゃうのかなあって。千歳は前からそうだけど」

「幸せになって欲しい、とかは？」

「それはあるよ。いい人だったらいいと思う。でも、ほら」

気がついたら、会話が弾んでいた。気まずさなんてどこかへ行ってしまったな、と思った。天也とはいつもそうだった。

「別に恋愛が全てじゃないと思うから。そっちばっかりだと寂しくなるかなって。勝手な心配だけどね」

天也が目をぱちぱちとさせる。

「恋愛が全てではない……」

「どうしたの？　あ、またなんか変なもの読んで影響されたでしょ」

「わりと情熱的な小説を」

少し恥ずかしそうに笑う。天也の参考資料はいつもおかしい……というよりは、知識の取り込み方がおかしい。

「愛こそ全てだ、って書いてあったな」

「そんなことはないと思うよ。私が誰か好きになったって、ほら、手芸部で何か作ったり、友達と遊んだり、天也だったらゲームしたりとか、それこそ漫画とか本とか、食べ物が美味しいとか、あるでしょ」

「あるかもしれない」

ないはずがないんだけどなあ、と呆れるように思う。そうでなければ、恋をする前にどういう暮らしをしていたのか、という話になる。

空を見上げる。春の陽はまだ暮れるには早く、なんとなく浮かれたような空気と、甘い色をした青い色の合間に白い雲が浮く。

「空とか綺麗じゃん」

「うん」

「ああいうのは別に、恋愛するしない関係なく、いいものだと思うんだ」

「でも、恋をすると世界が綺麗に見えるって聞いた」

「誰に」

「歌詞」

天也が何か音楽を聴いているのには驚いた。影響されやすいのはいつものことだが、そもそも、天也自身がどっぷり恋でもしているような口調だ。

「美月が誰かのこと好きになったら、そいつのために編み物でもするかもしれないよね。食べ物を一緒に食べたり、空を一緒に見たり」

それは、とてもいいことだと思う。天也は珍しく断言するように言った。

「一人でやるのとは感じ方とか、意味合いが違ってくるんだと思うよ」

相手は天也じゃない前提なんだ、と心がざわつくような気がした。もう一度見上げる。

「空、綺麗だよ」

「見てる。飛行機雲がある」

「本当だ。なんか、青って言ってもいろいろだよね。ピーターラビットの上着みたいな水色してる」

「もうちょっと透き通ってるような気もするな」

「あんな色の布地があったらトム次郎に似合うかな。どうせだから今日探してみてもいい？」

「いいよ」

ああ、楽しい。楽しいな。躍るように道行く人の間をすり抜けながら、二人はとりとめのない話を続けた。だから、美月は何回か聞こうと思って、聞くことができなかった。天也は私のこと、どう思ってるの？　恋愛はまた別なの？　今の空の話、どう思いながら聞いてたの？

私が空を綺麗だと思うのは、どうなのかな。くしゃりと笑った横顔を見て、改めて考える。もしかして、自分の世界はもう、フィルターがかかった状態になってしまっているんだろうか、と。

ちょっと怖いな、とも思うし、こんなものなのだろうか、とも思う。だとしたらきっと相手は一人きりだし、いつかちゃんと話さないといけない。

もし受け入れてもらえなかったとしても、きっと彼は、ゆっくりと優しく話を聞いてくれると思うから。例えば、今みたいに。

前を行く人にぶつかりそうになって慌てて避けたところで、大きな道路を挟んだ向かいに、見覚えのある顔を見つけた。さっき別れたばかりの千歳が、軽い足取りでいかにも楽しげに歩いている。見たこともない、力の抜けた明るい顔をしているような気がしたのは、眼鏡を外したところを久しぶりに見たからだろうか。それとも、やっぱり恋のなせる業なのだろうか。

天也が立ち止まった。軽く手をかざして向こうを見る。いつもの癖だ。

「どうしたの？　千歳に用があった？　今日はほっといてあげようよ」

「その横の奴」

横、と見ると、とりたてて特徴のない、その代わりに清潔感のある感じの良い男子がやはり楽しげに歩いているのが見える。私服なので高校生なのか大学生なのかはわからない。千歳は年上が好きだし、大学生なのかもしれない。

「あれかな、法学部とかなんとかいう……」

「絶対違う」

美月、ちょっと顔を貸して。そう言われると、すっと天也の手が庇のように美月の目にかかった。いつも自分でやっている癖を、美月相手にやってみせた形だ。遠くを覗くような視界になった途端、美月の心臓が冷えた。

その男子の顔は、塗りつぶされたように真っ黒で、目も鼻も何もなかった。

「……え」

「またあいつ。今度は何をやろうとしてるのかはわからないけど……」

天也の顔は、ひどく険しい表情になっていた。それこそ、見たこともないほどに。こんな鋭い、刃物みたいな顔ができるなんて知らなかった。こうして、美月とは違うものを見ることができるなんてことも。

「あんな風に人に化けられるやつ、強いよ。気をつけていこう、美月」

うん、と頷くしかなかった。ぴりぴりと緊張が走るのを感じる。

天也のその気持ちは、やっぱり幼なじみとして守らなきゃ、なんだろうか。不思議なものが見える天也の目には、特別なフィルターがかかったりしてはいないのだろうか。そういう自分は？　そんな疑問が薄く蛇のように鎌首をもたげたのには、そっと蓋をして胸の片隅にしまってしまった。


二人はその後、千歳とデートの相手を追いかけたけれど、駅前は人が多くてすぐに見失ってしまった。ピーターラビットの上着みたいな色の布地を買いに行く約束も、一緒にどこかへ行ってしまって、美月が思い出したのは家に帰ってからだった。千歳に『今どうしてる？』と投げたメッセージの返事はなかなか来なかったので、少し気を揉んでいたが、しばらく後に『今日は夕飯を食べて帰ったよ、なんかあった?』と無事反応があった。

　なんなんだろうな、あの神様、と思う。

　夕飯を終えてしばらく後。自室でベッドに座り、熊のぬいぐるみを引っ張り寄せる。

「疲れたねえ、トム次郎」

　薄めの茶色い毛皮には、やっぱり少しだけくすんだ水色の服が似合いそうだ。

　曲瀬の水神様がいなかったら、もっと天也と普通の話をしたり、気楽に遊びに行ったり、余計なことを考えないで自分の気持ちに集中したりできたんだろうかと思う。

　でも逆に、美月が危険なことになったからこうして帰りに一緒になれたり、みんなと話をしたり、そういうことができるようになったのだ。天也だって、ああやって守ってくれて……。

　ああ、やめやめ。

　トム次郎の黒いつぶらな目をじっと見ていると、すこしだけ天也の目を思い出す。

　別に彼はぬいぐるみみたいな素朴な顔はしていない。むしろよく切れるナイフで氷を薄く削いで、暗い水にふわりと落としたような、そういう冷たい顔をしているのだけれど。美月の話を聞いてくれている時の天也は、真っ黒い目に優しい光が漂っていて、トム次郎の黒いボタンの目のような人なつこさがあった。

これは恋なのかなあ。どうなんだろう。単に懐かしい仲良しの感じとどう違うんだろう。例えば、家族とかに抱くような思いだ。公太は美月のことをずいぶん構うが、さすがに兄妹でそこまで執着をされているとは思っていない。兄妹でどうにかなってしまうような話がないとは言わないが、印象としてはあくまでセンセーショナルな物語の範囲だ。自分に降りかかっても受け入れられる気はしないし、公太だってそうだろう。

そうして、あの曲瀬の水神様は、どうなんだろう。今日見た真っ黒い顔の人を思い出す。あれがまた眷属というやつなら、今度は美月の周りの人まで危険な目に遭うかもしれない。今日だって、気付いてすぐに電話でもかけて無理にでも千歳を引っ張ってくるべきだったのじゃないだろうか？

モヤモヤとしてきた美月は、千歳にメッセージを返す。

『なんか変なこととか起こってない？』

『変って？』

『わかんないけど』

『なんだそりゃ』

やりとりしているメッセージは全くのいつも通りで、どう危険を伝えればいいのかもわからない。美月は少しだけ考えて、踏み込んでみることにした。

『今日、駅前で見かけちゃった』

『うわ、恥ずかしいなあ』

多分、相手を見られたところまでは察しているのだろう。割合に余裕のある返事が送られてくる。

『一緒にいたのは彼氏？』

『まだこれからって感じ。こないだ知り合ったばっかりで、よく知らないしね』

そうなのか、まあそうだろうな、と思う。法学部さんはいつの間にか別れていてかわいそうだなあ、とも。でも、どうすればいいんだろうか。あれは多分人じゃないから、離れた方がいいよ、なんていきなり言うのも憚られる。

『ちゃんとした人なのかな。お母さん心配です』

『それを今見極め中！』

冗談を交ぜて送ったメッセージへの返信も、まだ予断を許さないところがある。

『気をつけてね』

それだけは言っておかないと、と送信したところで部屋のドアがノックされる。美月、と兄の声がした。

「はあい」

声を投げかけて、ドアへと歩いていく。開けると、お兄ちゃんだよ、とやけに嬉しそうな笑顔がそこにあった。

「よく知ってます」

「じゃあ入れて」

うーん、と少し悩んで入れると、公太は勉強机の椅子に勝手に座る。

「いいって言ってないよ」

「ベッドに座ると余計怒るだろ。いや、もうすぐ風呂が沸くぞと」

「それ、部屋に入る必要あった？」

入りたかったんだよ、と公太は涼しい顔だ。兄ってこういうものだろうか、とたまに美月は首を傾げたくなることがある。

「トムくんにも会いたかったし」

「良かったねトム次郎……と」

そうだ、と閃いた。公太ならちょうどいい相談相手だ。例の水神様の話を知っているし、何せ大学生だ。人心の機微とか、社交とか、そういうものには詳しいだろう。

「ね、相談。友達がこないだみたいな変な……神様の眷属？といい感じになってるみたいなんだけど。というか、騙して近づいて来てるのかな。どうにか引き離す方法ってないかなあ？」

身を乗り出すと、公太は目を瞬かせて聞き、悩ましいな、という顔をした。

「そいつ、なんかしたのか？」

「まだだけど、何か狙ってるのかなあって怖いでしょ」

「まあな、実績からするとそうなんだけど……美月を直で狙ってるわけじゃない場合、どうなるのかなあ。今回はちょっと違う、とか」

「悪いことしようとしてるわけじゃないかも、ってこと？　そうかなあ」

　さすがに二回も狙われた身としてはそうは考えづらい。

「もちろん、警戒するに越したことはないよ。その子に取り入って何かしようとしてる可能性は高いさ。ただ、退治の仕方が即わかるとかいうわけじゃないんだろ」

　なんとなく、決め手についてはひとつ心当たりがある。『美月が心から拒否をすること』だ。ただ、それだけではきっとダメで、ちゃんと相手に効く攻撃も必要なのだろう。石とか、蛇とか。今回はどうなるのか、まだ天也にもわからなそうだった。そもそも、何もされていない状態で拒否をするというのもよくわからない。美月は受け身にならざるを得ない、ということらしい。

「歯痒（はがゆ）いなあ……」

「だから、俺とかに頼りなさいって話だよ。ちゃんと守ってやるから」

　な、と笑う表情は、いつも見慣れたホッとする兄の顔だ。美月に向けて伸ばしてきた手にはトム次郎と握手してもらった。

「しかし、もしかすると、だよ。単にその関係者の奴がほんとにその子に惚(ほ)れて、普通にデートしたいだけ、一緒にいたいだけ、とかだったら？」

「そんなことあるかなあ」

「あるかもしれないさ。純愛かも」

　ううん、と考えるも、あの真っ黒な顔が忘れられない。

「正体は人間じゃなくて……また蛇とかかもしれないんだよ？」

「種族を超えた愛だな」

「だとしても、ちゃんと話してほしいなあ。正体なんて一番大事なとこじゃない」

　見極め中、と千歳は言っていた。その間に、重大な秘密があるなら話してあげてほしい。人間関係はクーリングオフなんて利かないのだ。後で知れば知るほど傷つく。

「なるほど、誠実さ的なやつか」

「恋愛に限らない気もするけど……友達とかだとやっぱり、ちょっと違うのかな？」

　友達は、例えば今日の千歳の素顔だなんてぼんやりしか知らなくても、上手(うま)く関係を築くことはできるような気がする。上辺だけ、と言ってしまうのも寂しい気がするが、踏み込みすぎないのが信頼感、とでも言うのだろうか。

「あと家族もね、誠実さはわりと大事だと思うよ。お兄ちゃん、なんか隠したりしてない？」

わざとらしく冗談で凄んでみると、公太は観念したような顔で手を合わせた。

「ごめんな美月、お兄ちゃんこないだ、他所のサークルの合コン的な催しに参加してしまった。わりと真剣なやつ」

「何を謝るのかわかんないけど、そうなんだ」

「人数が足りないって言われたんだよ。それでこう、雰囲気の良い個室でステアしてもらった、抹茶のノンアルコールカクテルをいただいたり……」

「それ、茶道のなんかだよね？　お茶席？」

「男女は同人数だったけど、全員真面目にやってたし、やましいことは何もない」

「真面目なサークル活動だったんだね」

気の抜ける会話をしていると、少し、悩んでいた気持ちが軽くなってきた気がした。

公太は公太で、美月を励ましてくれる大事な家族だ。こうして周りを大事にしていかないとな、と心から思う。

ふと、そのままにしていたスマートフォンの画面を見る。千歳からの返事が来ていたのだが、気づかずに未読のままになっていた。

『適当に気をつける』

『そうだ。春瑠菜にさっきから連絡してるんだけど、反応ないんだよね』

『寝てるのかな』

「昨日ごめんねえ」

春瑠菜が両手を合わせた。いや元気ならいいけどさ、と千歳が手を振る。少し気になるね、と始業前に二人で示し合わせて友人のクラスを訪ねたのだ。登校してきたばかりらしかった春瑠菜は、特に心配が必要な様子でもなく、少し疲れた程度の様子に見えた。予鈴まではあと五分ほどで、教室には人も多い。

「帰ってからぼーっとしてたらソファで寝てて、朝起きてから通知に気がついて、でもシャワーして着替えてってやってたら返事する時間がなかったの」

電池がやばやばだから充電器持ってたら貸して！　などと図々しいことを言い出す様子に安心する。

「『生きてる！』くらい返しなよ」

「そこまで心配されてたの？」

「ソファで寝るの良くないよ。肩とかゴキゴキになるよ」

なった！　もうやんないー！　とぐるぐる腕を回している。

「せっかく昨日いいことあったのに、帳消しになっちゃうよー」

「いいこと？」

ふふふ、と堪えきれなそうな笑みを浮かべて、春瑠菜はこう告げた。まるで、今から春ですよ、と鶯あたりがさえずるような声で。

「土曜、また二人で遊びに行こって、みのくんが」

「みのくん、誰よ」

「昨日言ってた人のこと？」

そういえば千歳はあの時、いち早く下校していたんだっけ、と思い出す。今の嬉しくてたまらない、といった様子の春瑠菜は、あの時と同じように……まるで花の盛りのように華やかな顔に見えた。

「そうそう、えっとね、春休みに知り合った子なんだけどね。見て見て見て。解禁！」

充電マークが赤くなった状態のスマートフォンの画面を見せられる。そこには少しばかり映りを盛った状態の春瑠菜と、とりたてて特徴があるわけではないが、なんとなく清潔感があって感じの良い……。

予鈴が鳴った。美月は、一瞬何かを言おうとして息を吸い込んだ状態の千歳の手を反射的に引いた。

「時間だ。また後でその話聞かせて！」

「うん、お昼にまたねえ」

そのまま廊下に飛び出す。本鈴まではまだ五分ある。ひと息ついてから、千歳と話をすることができた。

「……なんで？」

千歳はそれだけ吐き出すのが精一杯だったようで、壁に背を預けて虚脱してしまった。なんで、とそれは美月も知りたい。おかしいことだらけだった。

春瑠菜と一緒に画面の中で笑っていた相手は、昨日千歳と楽しげに歩いていた相手と同じ顔をしていたのだ。つまり、天也に見せてもらった時には真っ黒な顔に変わった、あの男子と。

「ごめん」

千歳と美月は、同時にそう呟いた。

「なんで美月が謝るの。いや、あたしちょっと保健室行く……」

「ついてく。もし辛くなければ、保健室よりは話ができるとこにしよう」

あの男子が二人とも曲瀬の水神様絡みなら、ちょっと二人に申し訳なさすぎる、と思った。ちゃんと話をして、なるべくこじれさせないようにしないといけない。

「聞いてほしい話があるから。聞いたら嫌な気持ちになるかもしれないけど、今よりはマシだと思うから、聞いて」

このままでは、二人の気持ちがおかしなことになってしまう。その前に、ちゃんと筋を通しておかないといけない。天也が何と言おうが、それは確かだ。巻き込んだ美月が出来ることは、きっとそれくらいだ。

「まずね」

二つある体育館のうち、古い方の建物の裏にならこの時間、人がいないはずだ。その目論見(もくろみ)は的中して、二人は日陰でこそこそと話を始めた。天也を呼ぶ時間はなかったから、取り急ぎ話をする旨だけ連絡して、了解を得ている。

「千歳と一緒にいた人……えっと」

「長沢(ながさわ)さん」

「その長沢さんと、春瑠菜の方のみのくんは、きっと同じ人じゃないよ。私が見かけた……夕方五時頃の後もずっと一緒にいたんだよね？」

千歳は俯(うつむ)いていた顔を上げ、ぽかんとした顔になった。

「……そうだよ。何考えてたんだろ。あの後八時くらいまでは一緒だったし……さすがにそこから春瑠菜の方に行ったはずがないか」

「でも、じゃあなんで同じ顔なのって話になるよね」

「兄弟とか親戚(しんせき)とか、他人の空似とか……」

「わかんないけど、えっと」

嫌な気持ちにさせるかもしれないのは、ここからだ。

「少なくとも長沢さんの方は、普通の人じゃない、と思う」

美月は簡潔に、天也から聞いた話、自分が体験した話、それから、今起きているかもしれない話の推測について説明をした。こういう説明はあまり得意な方ではないが、千歳は怪訝な顔ながらも黙って聞いてくれてはいた。この後の第一声はきっと、『何言ってるの?』だろうな、変な話だし、もしかしたら友達をなくすかも、などと思いながらも、伝えられることはできるだけ言った。

「……だから、私のせいで変なことに巻き込んだのかもしれないから、ごめん」

「何言ってるの?」

ほら。目をぎゅっと閉じた美月に投げかけられた言葉は、しかし思っていたのとは違うニュアンスだった。

「どう考えても、悪いのはちょっかいかけてくる方じゃん。全部信じましたってわけじゃないし、わかんないこと多いし、長沢さんが結局何なのかは謎だけど……」

冬の時のあの手紙、そういうことだったんだね、ようやく納得がいった。眼鏡を拭いて、放課後のちょっと奔放な女の子の顔を見せながら、千歳は少しずつ、美月の話を咀嚼してくれているようだった。

「それが本当なら、別に美月が謝ることはないでしょ。まだギリギリ間に合ったわけだから、被害者同士だよ」

「間に合ったかなあ……」

「少なくとも、あたしの方はちょっといいかなーくらいだからね。美月のお兄ちゃんが言う通り、純愛だったらどうなるかわかんないけど……どうなんだろうなあ」

それよりも、と眼鏡をかけ直す。

「春瑠菜の方はあれ、結構のめり込んでるよ。付き合い始めてないのはまだいいけど」

「あっちはまだわかんないんだよね。例えば、見た目を真似されただけのちゃんとした人なんだったら、邪魔するのは悪いし」

「要観察ってとこなのかな」

……人だといいなあ、と千歳は呟く。見た目に反して奥手な春瑠菜を思いやっての言葉だというのは、すぐにわかった。

「なんで、信じてくれたの？」

美月が改めて聞くと、千歳は少しだけ宙を見て考える。そうして答える。

「別に、全部そのまま飲み込んでるわけじゃないよ。ただ、信頼感？　美月なら、変な話をしてうちらの恋路を邪魔するようなことはしないかなって。村上先輩は美月ほど付き合いが長いわけじゃないから、ディテールのことはよくわかんないけど」

美月がちょっと普通じゃない大変な目に遭ってて、それがまだ続いてるっぽいのは信じるよ。大丈夫。そう言ってもらえただけで、美月は目の奥がつんとなって、そのまま泣き出しそうになるのを感じた。どうにか堪えて、ありがとう、と言う。

　昨日、公太と誠実さについて話した。普通にこうして生きていて、普通の話をしているだけで誠実さとか、信頼感とか、そういうものは生まれるんだな、と思う。例えば、美月が天也の言葉を信じられたのもきっと同じようなことだ。

　信じてもらえた時、天也は嬉しかっただろうか、とふと思った。

「それじゃあ天也には軽く話して、春瑠菜は……どうする？」

「こういうの、こっそり内緒にしてると後から響くよ。経験上」

「でも、知らなきゃ知らないで幸せでいられるかもしれないし……」

　朝礼の終わりの鐘が鳴る。そろそろ校舎に戻る必要がある。

「相談して、昼に話すかあ」

　気が乗らないなあ、という顔を見合わせながら、二人はスカートを翻してぱたぱたと駆けていった。


　結論から言うと、春瑠菜は昼休み、いつもの教室に来なかった。

　美月と千歳が待っていると、やがて天也がいつも通りに顔を見せて女子がきゃあと沸く。だが、春瑠菜だけはいくら待っても姿を現さない。しびれを切らして様子を見に行っても、教室のどこにも彼女はいなかった。

「具合悪いから早退しますって言ってたけど」

「あんまり具合悪そうでもなかったよね」

春瑠菜のクラスメイトはそんなことを言っていて、それ以外わかることはなかった。

「返信来ない、というか読んでないな」

「充電切れちゃったとか？」

「あり得る」

スマートフォンの画面を見ながら、美月と千歳が顔を見合わせる。

「心当たりはある？」

美月はぎょっとする。天也の腕に黒い蛇が絡まっていて、彼はその蛇に話しかけていたからだ。前に見かけた時よりもずっと小型に見える。大きさが自由自在ならちょっといいな、とも思ったが、それどころではない。

「なんで学校に蛇がいるの!?」

「一応、こいつに見張らせてたんだ」

「便利……なのかな。ずいぶん懐いたんだね」

「スマホの方が便利だよ。遠隔で連絡とかはできないし」

「まさかうちの教室にも見張りがいたりする？」

「うん、蛙に頼んでた」

どっちもよく言うことを聞いてくれるようになった、ささみが効いたかな、などと言いながら、天也は蛇と何やら見つめ合っている。はたと、周囲を見回した。幸いまだ気付かれてはいないようだが、ここは人目も多い他所の教室だ。

「と、とりあえず。教室からは出ない？　出よう！」

ぐいぐいと二人と蛇を校舎奥の階段の方へと連れて行く。蛇とお喋りする村上天也先輩、というのはプラスイメージに働くのかどうなのか。神秘的で格好いいなどと思ってくれるのは、きっとごく一部だ。

「人前で蛇はないでしょ！」

「別に噛まないよ」

「結構かわいいし、先輩に合ってると思うな」

「そういう問題じゃないの！」

人気のない階段の下に集まってこそこそとお喋りをするのは、普段だったらきっと楽しかっただろう。特に、春瑠菜がいてくれたなら。何を読み取ったのか、天也は舌をちろちろと出す蛇から顔を離す。

「……その板を見て、急に嬉しそうな顔をしたと思ったら、すぐに出ていってしまった、だって」

「板？」

「多分スマホ」

前の蛙は一応スマホも使えたようだが、この蛇はただ石を撒いてきたくらいの眷属だ。あまり現代の事情には明るくないのかもしれない。

「例のみのくんから連絡が来たのかな？」

「そうかも。大友さん、あんまり急にサボるタイプではないと思ってたけど」

「というか、正体がなんでも、学生呼び出して学校サボらせる男なんて、ろくな奴じゃないよ。関わらせない方が絶対いいと思うな」

千歳の断言に対して二人が、妙に実感が籠もっていますね、という表情で見ると、彼女は口をへの字にした。

「同じ顔で見ないでよ、仲いいんだから」

「同じ顔してた？」

「してた。なんならそこの蛇くんも同じ顔してた」

蛇と天也が目を合わせる。なるほど、目が黒くて深い色をしているとこは似ている。蛇の表情まではわからないが、天也は少しだけ渋いような顔をしていた。

「顔はともかく。行き先まではわからないよな」

「蛇くんもわかんない？」

「……板に文字らしきものが浮かんでいたところまでは見えたが、あまり人の文化には詳しくもない身なのでのう、だって」

「蛇くん、そういう口調なんだ」

「おじいちゃんだ」

天也が人形劇みたいに蛇の代弁をするのは面白かったし、そう憎めないささみ好きのおじいちゃんの仕業かと思うと石の件も少しは許せるような気にはなってきたが、今重要なのは春瑠菜の行き先だ。

振動音が、響いた。

あたしだ、と千歳がスマホを取り出す。途端に顔を歪めた。

「『今から大和田公園まで遊びに来ない？』って」

『長沢さん』だ。すぐにわかった。大和田公園というのは電車で三駅ほどのところにある大きな公園で、今は花がたくさん咲いていい雰囲気になっているはずのところだった。

「これ、春瑠菜とは別件なのかな？　それとも同じところに呼ばれてる？」

「同じかという感じはするけど……確かじゃないよな」

千歳はしばらく仏頂面で、スマホを眺めていた。そうして、くしゃ、と顔を歪めた。

「……ごめん」

　二人は悪くない、わかってる。わかってるけど。

「慣れてるけど。舞い上がって、絶対これで最後って思って、そしたら後から後から嫌なところばっかり見つかるの」

　小さな嗚咽が聞こえて、それで終わりだった。千歳は顔を上げた。

「あたし、学生呼び出して学校サボらせる男はダメ。人じゃないらしいとか、何か企んでるとか、春瑠菜に悪いことするかもとか、そういうのも全部あるけど。その一点がまずダメ」

　多分それは、千歳なりに自分に言い聞かせた結果で、理由の全てではないのだろうと思う。一度でもいいな、と思った相手がどうもおかしい、と離れざるを得ない時に、本人なりの理屈をちゃんと通しておきたかったのだろう。千歳はそういう子で、そういう対処がきちんと出来る子だ。

　春瑠菜はどうだろう。今、一体どうしているのだろうか。

「天也」

　美月は静かに声を上げた。

「これ、私が行かなきゃいけないよね」

「責任を取ろうとか思ってる？」

天也は軽く眉を顰める。

「それもあるけど、春瑠菜のことも心配。千歳が直で行くのは危ない気もするし……」

「美月も危ないよ」

そんなことはわかっている。自分だって怖い。脚が震えてしまいそうなくらいだ。

だが、美月は同時に、どこか不思議な安心感も覚えていた。

「でも、私が目的なら、私がまた嫌ですって言えばいいし」

天也もいるでしょ？　言おうとして安心感の正体に気付く。自分はずっとこうして、天也が一緒についてきて解決してくれることを当たり前だと思っていたのではないだろうか。自分自身は、ただの無力な高校生なのに。

「僕もいるよ」

そんな影を吹き飛ばすように、さらりと天也が言った。美月の言わなかった問いかけが聞こえていて、ちゃんと応えてくれたような、そんな気がした。

「大丈夫。美月のこと、守るから」

心配をしないで、と言われた気がした。胸がじんわりと温かくなる。多分、これも信頼というものなのだと思う。天也と一緒なら、きっと大丈夫、という。

でも、どこかおかしい。じんわりで止まらずに、鼓動とともに心臓が夏の日のように熱い血を巡らせているようだ。あんまり働き過ぎないでよ、胸が苦しいから、と思った。


「どうかした？」

「どうもしてない！」

ぶんぶんと首を振った。天也は変に格好つけている時より、こうやって軽く言ったセリフの方がずっと破壊力が高いということを、わかっているのだろうか。

「気をつけて行ってきてね。なんかあったら呼んで」

そんな美月の内心の動揺は見えていないようで、千歳が心配そうに声を上げる。

「気をつける……ああ」

天也が片眉を上げた。やっぱり珍しく、冗談めかして。

「これも、学校サボらせる男になる？」

「ちゃんと帰ってきたら、ノーカンだから！」

二人はそのまま走り出す。裏門なら人はあまりいないし、いても部活関係でちょっと外出する振りをすればいい。

大和田公園か、と行き先に頭を巡らせる。花の咲き乱れる花壇は確かに、今の季節のデートにはもってこいのスポットだ。

でも、これから二人は、春瑠菜のあの花のような笑顔を萎ませないといけないかもしれない。それを思うと胸が痛む。

裏門を出たところで、天也が手を差し伸べる。美月は、何も考えずにその手を摑んだ。

「行こう」

僕もいるよ、とその言葉を信じて。

昼時の電車は席も空いていて、明らかに場違いな居心地の悪さと不安を除けば座っていけるのはありがたかった。

「……今回は、なんでこういうことしてきたのかなあ」

「人質を取りたかった？」

「そうなんだけど、これまではまあ、本当ならこういうことをしたかったけど、変な形になっちゃった、みたいなとこがあったでしょ。プレゼントをしたかったとか、お話がしたかったとか」

人質は、どう頑張っても普通の恋愛では取らない。うーん、と天也は唸った。

「多分、バレるのは計算外だったんじゃないかな」

「じゃあ、えーと、私の友達二人ともに彼氏ができる、っていうのが目的？」

「そう。美月は寂しい、って最初言ってたよな」

言ったかな、言ったな、と思い出す。二人とあんまり会えなくなったりするのは寂しい、と。

　体育の時間で、二人組を組んでください、と言われた時のことを思い出す。美月は他人に声をかけられなくてオロオロするタイプではないが、それでも誰か適当にやりやすい子がいないとその間は不安になってしまう。

「えっ、寂しくさせて……もしかして、じゃあ誰かとくっつきたくなるでしょって、そういう作戦だったの？」

「想像だし、本当はもうちょっと周到な計画だったのかもしれない。満を持して本体が現れたりしたのかもね」

「まどろっこしいよ！」

　そんな、心細いところに運命の出会いですよみたいな顔で人をお出しされても、即好きになれるかなんて全く自信はない。というよりも、そんな神様を好きになってはいけないという気すらする。

「水神様、肝心のところがよくわかってないと思う」

「そういうものだよ。人間じゃないし」

　公園のある駅まではあともう少しだ。窓の外の明るい光と、住宅地の風景を見ていて、ふと思い出したことがある。

「……昔、こんな風に小学校をサボった時、なかったたっけ」

「あったような気もする」

「二年生くらいの時、掃除の時間に、男子にいじめられたんだよ、確か」

当時の美月のクラスはひどいいじめこそなかったが、決まったグループが気分次第で色々な子にちょっかいを出しては泣かせていた。その時の被害者は美月だったのだ。確か、教室掃除を全部一人でやれ、などと言われていたはずだ。

「……ああ」

天也は目を細める。それから、堪えきれないように笑った。

「たまたま通りかかったら、美月が大泣きしてたんだ」

「そう、それで急に天也が飛び出してきたから、びっくりしちゃって」

どうして今まで忘れていたのか、というほど鮮明に記憶が蘇ってきた。

「『いい気になるなよ』とかなんとか、漫画みたいなことを言い出したんだよね。あの頃から天也、漫画好きだったんだ」

「あれは漫画じゃなくて……まあいいけど……そう……」

少し照れたように笑う。そうして、意外なことを言い出した。

「美月のおかげなんだ」

「え？」

「ああいう時に、そのままにするのが嫌だなって思ったのは、あそこで美月を助けた時が初めてだった。ずっといろんな事を流していて、そういうものだと思ってたから」

　そろそろ着くよ、と天也は立ち上がる。美月も従った。

「行こうか」

　差し出された手を、そっと握った。あの時はそのまま二人で逃げ出して、近くのコンビニに入った辺りで先生に見つかったのだっけ。

　でも今は、こうしてもう少し遠くまで走っていくことができる。そうして、春瑠菜を助けるのだ、と心に決めた。


　晴れた良い日和とはいえ、平日の昼間だ。親子連れが散歩をしているだけくらいの中に、制服のままの春瑠菜はよく目立つ。少し歩けばすぐに見つかった。園内には立ち入り禁止の細い水路が通っている。夏には涼しさ目当てに子供たちが集まるが、今はそれほどでもない。その水路の近くに、彼女は立っていた。

　春瑠菜の明るくした長い髪が春の陽にきらめく様は、いかにも幸せそうだった。その前にはあの『みのくん』がいて、穏やかに微笑んでいる。周りの花壇では少しだけ朱に寄った赤い薔薇(ばら)の花が咲き始めていて、それだけだったなら、たった半日のサボりくらいなんだろう、というくらいに素敵な眺めだった。

「……あれ」

春瑠菜が瞬(まばた)きをする。

「みっちゃんと村上先輩だ。どうしたの？　そっちもサボりー？」

『みのくん』がこちらを向く。ここまではまだだ、と思った。千歳が誘われた公園に彼と春瑠菜がいたのも、偶然で済む。見た目がおかしかったのは千歳といた『長沢さん』だけで、彼は普通の人間かもしれない。見た目だけを真似されていたとか、そういう形だ。学校の時間に人を呼び出して遊んでいるのは褒められたことではないかもしれないが、最悪の場合でも少し停学を食らうかもしれない、程度のことだ。それが原因でぎくしゃくして二人が上手(うま)くいかなくなったとして、常識的な範囲の別れで済む。常識的な範囲の傷で済む。

そうであってほしい、と思いながら美月は右手を上げ、ようとして、ぐいと天也に左手を引かれた。

「どう」

そう言った瞬間、どろり、と春瑠菜の顔が溶けた。溶けてぼとぼとと石畳に落ちて、落ちる端から黒い滴に変わっていく。

「し、た、の」

「やだ」

動転して手を振りほどこうとしても、天也の力は強かった。

「やだ、春瑠菜が……やだ！」

「大丈夫。これ、ただの泥人形だから」

天也が、美月を落ち着かせるように言う。ぐずぐずと崩れていく春瑠菜だったものを見つめながら、『みのくん』は首を振った。

「やはり、軸がないと持たないな。失敗だ」

「春瑠菜に何したの！」

「今は寝ているだけだ。終われば何事もなく起きる」

その声は、すぐ背後から聞こえた。目の前の『みのくん』と同じ声。天也は何も言わずに、振り払うように大きく腕を振った。相手は即座に避けた。『みのくん』がもう一人いた。同じ顔、同じ背格好、服装もほぼ同じ、パーカーを着たカジュアルな姿で、街を歩いていたら埋もれてしまうような男の子。

でも、千歳と春瑠菜にとっては群衆がどれだけいても、その中にただ一人輝いて見えるような、そういう相手になるはずだったのだ。

二人並んだ今となっては、どちらが春瑠菜の『みのくん』でどちらが千歳の『長沢さん』だったのか、もうわからない。ただ、天也の腕越しに見たその顔は二つとも、やはり真っ黒に塗り潰されていた。

「これほどすぐ来てもらえるとは思わなかった」

どちらかが淡々と喋り出す。前の蛇や蛙とは違って、ほとんど人間と同じに見える。

正体が何なのかもわからない。

「見通しが甘かったな」

「だが、こっちとしては大助かり」

「今度は嫁御と逢瀬を交わしていただければいいわけだ」

「上手くいけばいいのだがなあ」

二人の会話は、独特のテンポで続く。まるで周りに他の誰もいないような様子だ。

「せっかくこんな土地まで来たんだぞ、お望みを叶えてもらわねば困る」

「それはもちろん。さて、嫁御」

ようやく片方の視線が美月に向いた。

「娘は無事だ。お前が我らが主と昵懇になるのであれば、無傷で返そうぞ」

「詳しい話はそちらの方から伝わっているのであろう。さあ」

同じ顔の男子は、似合わない口調でそう言って手を伸ばす。

「……そちらの方？」

美月は天也を見た。ずいぶん敬意を持った言い方だ。水神様を祀る家なら、祀られる側よりは下になりそうなものなのに。心臓がひとつ大きく打った。

「後で話す。絶対に話すから」

とにかく頷いちゃダメだ、と両肩に天也の手が置かれた。疑問は流されたまま、混乱したまま、視線は既に黒い水たまりに成り果てた元・春瑠菜に注がれる。

「あれ、上手くいったらどうなるはずだったの。本物に化けさせて、誘い出しでもしようと思ったの」

二人はどちらも何も言わない。その通りなんだな、と理解することにした。

「要するに、全部。私をその神様のお嫁さんにするために、利用するつもりだったんだよね？　春瑠菜も、千歳も。二人の気持ちも。私の気持ちも！」

これまでは、美月や天也以外の被害は、どうにかほんの少しで食い止められていた。だから少し、油断をしていたのかもしれない。でも、今回に関しては許せる気がしなかった。頭がカッとなって、涙もこぼれ落ちそうだった。顔をしかめてどうにか我慢する。

「そんな相手を好きになんて、絶対に、なれるはずがないでしょ！」

同じ顔がお互いを見た。

「そうなのか」

「そうか」

困ったな、という様子だが、困っているのはこちらの方だと怒鳴りつけてやりたかった。そう思った瞬間には声を出していた。

「何回だってそう言ってる……！」

「……恋愛に限らず」

その声を遮ったのは、天也だった。

「人間は上から意志を無理に押し付けられると不快に思うものらしい。まずそこをどうにかしろ」

昔から知っているはずの幼なじみの声は、普段よりもずいぶん張りがあり、高圧的に響いた。

「貴様らのやっていることは、いちいち童以下だ。そんなことに付き合わされるこちらの身にもなれ」

「……天也？」

その瞬間、小学校の掃除の時間を思い出した。あの時、天也は普段と違う、子供らしくもない言葉でいじめっ子を止めたのだ。

『いい気になるなよ、小童。恥も知らず、その者に触れるな』

そんなような、言い回しだったと思う。一緒に逃げ出してからは、またいつも通りのもそもそした喋りの天也に戻ったのだけど。

「天也、ねえ、さっきから……」

「ごめん」

半ば苦痛に耐えるような顔で、天也は何か言おうとして、また口を閉じた。

「伺っております。白鱗様との遊戯であると」

「伝わっております。構わぬ、全力でと」

「そうであれば」

ごぼ、とまた二人の同じ顔がひしゃげて溶けた。黒い泥の塊のようなものが、ぬるりと宙を舞い、ひとつになる。ぐしょ濡れのパーカーとジーンズが、行儀悪く脱ぎ捨てたように地面に落ちた。

「お許しを、黒鱗様」

待って。美月は悲鳴を上げそうになりながら、頭の中をぐちゃぐちゃにかき回して、そうしてどうにかわかることを綺麗に並べようと精一杯だった。でも、自分よりも大きいくらいの鯰が一匹、宙を躍りながら美月目がけて飛んでくる、そんな状況に対応しながら考え事をするなんて、出来るはずがない。

蛇と蛙が天也の袖口から飛び出していったが、以前のように大きな姿になるのは難しいようだ。それでもぐんぐんと膨らみ、大型犬くらいになった蛙が鯰に噛みつく。

蛇は人の胴体くらいの太さになって美月に絡みつき、守ってくれているようだった。

他の人は幸い見ていないのか、それとも恐怖を感じて逃げたか。眷属たちは、昼の光の下では濡れて真っ黒く、かえって不気味に見えた。びちゃびちゃと黒い泥が跳ねて、春の華やかな花壇を汚していく。

ごめんなさい。誰にともなく謝ってから、ずっと疑問に思っていたことをようやく考え出す。

天也がどうしてこの事態に対して遠い昔から知っていたかのような口を利くのか。それだけではなく、対抗できるような力を持っているのはなぜか。幼なじみなのに、天也のことをよく知らない自分。人のことをよくわかっていないような不思議な態度。先ほどの口調。眷属をこうして使いこなせること。

天也、黒鱗様って誰。教えて。

天也が美月の身体をぐいと引く。軽く倒れかけた美月を後ろから抱き締めるような形で、額に手が乗っている。普段だったら緊張して顔が熱くなるような距離だ。そのはずなのだ。

「……終わったら話す。本当だから。僕を信じて。美月を守るから」

うわ言のように繰り返すその顔を、遠くを見るように天也の手のひら越しに軽く見上げる。

冷ややかに整っているはずの天也の顔は、真っ黒に塗り潰されて見えた。

これも、前と同じだ。駅前で、初めて人に化けたこの鯰を見た時と。

蛙が、全身を使って鯰にしがみついた。

蛇が躍り掛かった。滲んだ視界ではよく見えない。ただ、蛇が自分から鯰の口に顔を突っ込み、瞬間、一気に鯰の身体が膨れ上がったように見えた。

「今だ」

こつん。何かが落ちてくる。緑色の、綺麗な石だ。

鯰は急に重力に負けたように動きが重くなる。えらを苦しそうに開け閉めして、なんだか不格好に膨らんでいるように見える。蛇はその隙に素早く離れて、また縮んだ。

天也が、脇に流れる水路に手を浸した。その瞬間、水は噴水のように、細い槍のように、透明にきらきらと光を反射しながら噴き上がる。水の槍は何本か宙に散り、砕けて小さな雨を降らせ、うち一本が黒い鯰を貫いた。裂けた腹から、ざらざらとあの翡翠らしき石が溢れる。石をこぼしながら、地面に転がり落ちる。

ああ、蛇くんてあの石、まだ持ってたんだ。

無表情のはずの蛇が、少しだけ得意げな顔に見えた。自分の体内の石を鯰に飲み込ませて、上手く飛べないようにさせた、というところなのだろう。蛙は蛙で、鯰と一緒に地面に転がっていたが、ぴょいと飛び上がって小さな姿に戻った。

美月はその様を、どう感じて、どう見ればいいのかわからないまま、地面に膝をついて眺めていた。制服はなんだかんだで半分濡れてしまっている。

天也は。今はいつもの通り、綺麗な顔の天也だ。でも、さっき美月は黒い顔を見てしまった。あの鯰と同じ、泥でできた偽物の姿なのだろうか。水を操るような力まで持っていたりする。

「…………」

何を言えばいいのだろうか、という顔で、天也は口を開こうとして、またやめる。

「いろいろ、聞きたいことはあるよ」

美月は慎重に口を開いた。

「そのうち話してくれるかなって思ってたけど、なんかいろいろ……わかんなくなっちゃったね」

「ごめん」

「ごめんはいいから、教えて」

何から聞けばいいのか。美月もまた少し押し黙った。

「黒鱗様、って天也のこと」

「……そう。曲瀬の双葉川(ふたばがわ)は二叉(ふたまた)の川で、双頭の蛟(みずち)がずっと水神をやっていた」

「蛟？」

「龍(りゅう)の仲間と思って。その小さい頭の方、弟川が黒鱗。僕だ」

待って、と呟いた。待って待って待って、と何回も口に出してしまった。

「天也、水神様なの？」

「弱い方のね。大きい方の白鱗は強いから、ずっと従ってたし、それでもいいと思ってた」

「だって、水神様が生贄を……」

裏切られた、と反射的に思ってしまった。裏切られたのだ。ずっと守ってくれると思っていたのに。頭の中は混乱でいっぱいだ。じゃあなんで助けたのか、とか、理性はまだ働いていたが、裏表がバラバラになって交ざったトランプみたいな思考のまま、美月は話を聞いていた。

「話すと長くなるけど。嫁取りの年が近くなったから、僕は切り離されてこっちに来た。美月を探しに来たんだ」

「やっぱり、水神様の側なの……？」

最初はね、と天也は言う。

「こっちで人間に化けて、美月と遊んだりしてるうちに、なんだか嫌になっちゃったんだよな」

「嫌にって……そういうもの？」

「神様のままだったら、そういう風にはならなかった」

風が吹く。天也の癖っ毛が揺れる。美月と逃げた時だよ、と言う。

「僕はずっと川だったから、流されるままに流れて、たまに我慢できなくなって溢れて、そういう生き方しか知らなかった。嫌だと思ったら逆らっていいって、そう知れたのは美月のおかげ」

ふつりと、それこそ川の堰が切れるように、美月の感情がどっと溢れだして、止まらなくなってしまった。天也が。美月の好きな、そう、大好きな天也がここにいる、と思う。でも、その相手はどこまで本当のことを言っているのか全然わからない。ずっと嘘を吐いていたのだ。姿だってきっと偽物なのだ。

気がついたら、天也の肩を軽く握った拳で叩いていた。天也は、そのまま叩かせてくれていた。

「怒っていいよ。当たり前だ。この十年で、僕も少しは人の気持ちを知ることができた。不実なのは何よりいけないことだって書いてあったし」

何に？　やっぱり漫画？　天也は情報ソースがめちゃくちゃだよ。もっとちゃんと現実から学べばいいのに。例えば、私とか。

嗚咽の声が漏れるので、何も言えなかった。もっといつもみたいに軽く話せればそれがよかったのに。

「ごめんな」

抱き締められているのに気付くのも遅れた。涙がぼろぼろこぼれてくる。こんなのは嫌だ、もっと幸せなのがいい、と叫ぶ心と、今のままがいい、天也以外の誰でも嫌だ、と主張する気持ちがある。天也はずるいよ、とどちらの感情も声高に主張した。それでも、少しだけ甘えるような気持ちが芽生えてきたのを感じた時、耳が小さく何かの音を捉えた。

ざらり。

「……天也、今の音は……？」

軽く身を離した瞬間だった。違う。天也が美月を突き飛ばしたのだ。

鯰が高く跳躍して、天也の頭から肩を大きく食い破った。

以前、蛇が天也を呑んだことがある。あの時は泥まみれになるくらいで助かったのだ。今回も、きっとそんな感じだろう、と思った。思った瞬間に、目の前の胴体から下が、力なく地面に倒れる。

「ああ、惜しい。外れだ」

鯰が、再び地面に墜落しながら呟いた。

「ゆめ、油断をしてはなりませんな、黒鱗様」

最後に、誰かの名前を吐き出した気がした。千歳、なのか、春瑠菜、だったのか。どちらかはわからない。鯰は、泥になって地面に溶けた。もしかしたら二人と過ごした時間は、この鯰にとっても意外と楽しいものだったのかもしれない。だが、もはやわからないことだ。

「う痛。……あれ」

声がした。

「みっちゃん？」

その泥の中から、今度こそは本物であるらしい春瑠菜が眠たそうな声を上げる。当然ながら、全身真っ黒のびしょ濡れになっている。蛙がその泥を興味深そうに見ていた。

「うっわ、何これ！　やだ、泥んこ！　ちょっと、困る！」

美月は、天也の身体が同じように泥になって消えていくのを見た。呆然としながらそれを見つめている。ほら、早く戻らないと崩れちゃうよ。心の中で呼びかけても、蘇る兆しは何もない。小さな蛇が、ちろりとその泥を舐めた。

やめて。

殴られたように重い頭を抱えながら、なんとか声を絞り出す。

「……春瑠菜は、平気？」

「平気じゃないよ、どろどろー」

言いながらも元気そうに起き上がる。ほっとした瞬間に、ふつりと糸が切れたような気がした。

「なんか、みのくんにはさ。そういうのじゃないからごめんねーって言われちゃったし。ならこんな時に呼び出すなっていう……」

多分、春瑠菜もきっと、わけがわからなくて、大声で泣き出したい気持ちだったのだろうと思う。だが、泥まみれの手をさっと水路ですすいで、美月の頭を撫でてくれた。

先に美月が大声で泣きわめいていたからだ。

「ごめん、ごめん春瑠菜、ごめん」

「いいよお」

「そうじゃなくて、ごめんね」

あなたの大事にしてた恋も、千歳が恋になるかどうか見極めようとしていた想いも、神様から人間になろうとしていたのかもしれない天也の命も、まだ嘘か本当か確かめている途中の真実も、全部、全部。

美月のせいでなくなってしまったのかもしれないのに。

そうして、美月は一番大事な物を失った。多分、罰だ。ようやくわかった、天也のことが誰よりも大好きだったということ。あれほどのことがわかってからもなお、変わらなかったその気持ちの行き所がもうどこにもない。

叫びそうになった瞬間、スマートフォンが震えた。メッセージが届いている。公太からだ。

『美月、GW空いてる？』

『というか空けろ』

『旅行行こう』

今旅行とかいう気分じゃないよ、と泣きながら返信をしようとした時、続きが来た。

『曲瀬』

『根本を解決しに行こう』

4話　白の鱗黒の鱗

まだうんと小さな頃のことだ。美月は近所の大きめの公園で遊んでいた。友達が一緒だったのだと思うが、その子は先に帰ってしまった記憶がある。周囲が一枚ずつ夜のカーテンを下ろしていく中、一人きりでブランコに乗ったり、ぶらぶらと歩いたり。両親の帰りは遅いことがままあったから、それほど珍しいことではなかった。ただ、真っ暗になる前には家に帰らなければならない、とそれは守るようにしていた。

その日も、そろそろ行かないと危ないな、と立ち上がった時のことだ。視線の先にぽつりとひとつ、子供の人影があった。木の黒い影に紛れそうな、黒いシルエット。

黒っぽい子だな、というのが最初の印象だった。まるで髪の毛に隠れて顔がないか、影になっているみたいだ。

「……だあれ？」

声をかけてみる。

「そろそろ帰らないと危ないよ」

「……帰れない、から」

男の子の声が返ってきてほっとする。街灯がつき始めるまではもう少しかかるくらいだろうか。美月は少し迷って、おずおずと言い出した。

「じゃあ、もうちょっと遊ぶ？　二人の方が危なくないよね」

黒っぽい男の子は驚いたように見えた。顔が見えないのでよくわからなかったが。それから、何も言わずにジャングルジムに向けて駆け出した。

「高いとこは暗いと危ないよ、落ちちゃうよ」

返事はない。男の子はがしがしと全身を使って登り始めた。美月は普段でさえ、一番上までは登れない。だから怖くなって、その様をじっと見ていた。初めて会った子相手なのに、暗闇に置いて行かれたような寂しさを感じながら、鉄の匂いのする格子を握ったり、手を放したり。しまいには、じわじわと涙が出てきてしまった。

「……登った！」

上から声が降ってくる。紫がかった空には、明るい星が浮かんでいた。顔はやはり逆光にでもなっているようで、よく見えない。

それから、美月は大泣きして、慌てたのか男の子は——村上天也はすぐに降りてきてくれた。それが初めての出会いで、それ以来、美月が泣きそうな時は、ずっと天也が傍にいてくれていたように思う。

だから、今回が初めてだ。どれだけ泣いても、天也が何も言ってくれないのは。美月の隣にいてくれないのは。


ほら美月、見てみな。公太に声をかけられて、ようやく美月は自分がうとうととまどろんでいたことに気付いた。顔を上げると二両編成の電車は鉄橋の上を走っていて、窓の下には大きな川が流れている。

「これが？」

「例の双葉川」

ぐねぐねした川と聞いていたが、ここからではよくわからない。川岸はしっかり護岸工事が施されており、コンクリートの灰色が見えた。通り過ぎると、五月の緑に覆われた中に家々が見える。

観光地というほど賑(にぎ)やかではないが、田舎の町というイメージよりは建物があるのかな、とそう感じた。東京育ちの美月にとっては、どちらにせよ少し新鮮な風景だ。

天也は、ずっとこの景色を眺めて暮らしていたのだろうか、と思って、また少し気持ちが落ち込みそうになったのを、頭を振って紛らわす。

「結構いいところだよな」

公太はその様子を知ってか知らでか、明るい声を上げる。ゴールデンウィークを使って曲瀬に行き、一連の事件の根本を解決しよう、と提案したのは公太だった。天也が姿を消した後、美月から判明した事情をあれこれ聞いてからは、心配性が炸裂したのか余計に熱心になった気がする。蛇と蛙もどこかへ行ってしまって、千歳と春瑠菜もそれなりに元気を取り戻し、その後は何も起こっていない。もう全てが終わってしまったのじゃないか、なんてことすら思っていたが、公太だけは積極的だった。

「今までは天也がなんとかしてくれていたんだろ。次何かあったら今度こそ危ないってこともあり得るんだ」

そう、落ち込んでまた食が細くなりかけていた美月に発破をかけてくれた。ありがたいことだと思う。

「お兄ちゃん」

動きやすいデニムの膝に載せた手荷物をぎゅっと握る。

「私、天也のこととか、神様のこともいろいろ知りたいんだ。行ったらわかるかな」

公太はいつも通り爽やかな白いシャツの袖をまくって、腕組みをした。

「確か、駅の近くに郷土資料館みたいなのがあったな」

「そこ、行きたいな。あとは神社みたいなところがあったら、そこも」

「だいぶ歩くかもしれないぞ」

大丈夫、と履き慣れたスニーカーのかかとをとんとん、と叩(たた)いてみせた。着替えは大きめのボストンバッグに入れて網棚に載せてあるが、全部汚れてもいいようなTシャツにして、上にグレーのパーカーを着ている。

歩いたり、汗をかいたり、泥汚れも気になる。だがそれ以上に、美月は白鱗というらしい神様にこう言ってやりたかったのだ。

私はあなたと一生懸命選んだかわいい服でデートをする気もないし、花嫁衣装を持っていくつもりもありません、バーカ、と。少なくとも二百年以上は生きているらしい相手に伝わるかどうかは、全くわからない。

次は曲瀬、と駅名がアナウンスされた時、びくりと肩が震えた。そうして、それでも立ち上がる。公太が手を伸ばす前に、背伸びをして網棚のバッグを下ろして、持ち手を強く摑(つか)む。ドアが開いた瞬間、光と風が吹き込んで美月の肩までの髪を揺らした。

いいよ、行ってやる。目は閉じずに顔を上げた。生贄(いけにえ)なんかにはならずに全部解決して、そうして堂々と帰るのだ。天也が守ってくれた自分を、今度は自分でちゃんと守りきるのだ。そう唱えなければやっていられないくらい、不安も大きかった。

電車の外に足を踏み出すと、ホームは吹きさらしで短かった。土の匂いがするような気もするが、季節のせいなのか土地柄なのかはよくわからない。

「東京より、ちょっと涼しいね」

道でずいぶん寂しくなってしまっていた。

「単純に北だしな」

短い階段を降りて、改札を出る。結構多かったはずのICカードの残高は、この片

まずは昼を食べよう、と提案をされる。川魚なんかを使った料理がいいらしいぞ、と公太がその辺の料理屋を探してくれた。高級という雰囲気ではないものの、和風のきちんとした店で、高校生が一人で入るには少し気後れしそうなところだ。今回の旅行の費用は全面的に兄が負担をしてくれている。いろいろとそれどころでなかった美月に代わって、両親に話を通してくれたのも公太だ。妹のピンチを放っておけるか、ということらしい。

過保護だなんて言い方をして、悪いことをしたな。そう思うくらい、公太は美月に良くしてくれた。無事に帰れたら、一生頭が上がらなそうだ。

「ね、お兄ちゃん」

蕎麦（そば）のつゆに薬味の葱（ねぎ）を入れながら、美月は口を開く。

「思い出したんだよね。天也のこと、黒っぽい子だなあって最初に思ったのは覚えてたの。かわいいとか、かっこいいとかじゃなくて……それって、最初は顔が見えなか

ったからなのかなって」

電車の中の夢で見ていた思い出は、夕暮れの公園の風景だ。顔が見えにくいというのもあったろう。だが、それ以前に真っ黒に塗り潰されて何もなかったのではないだろうか。あの鯰と戦った時の天也の顔のように。

「……泥とかで形を作って、それで人に見えるようにしてたみたい。まだちゃんと魔法みたいなのがかかってなかったのか、時間とか場所とかの関係なのか……私の歳が小さかったからかもしれない。わかんないけど、きっと顔そのものが見えてなかったんだよね」

知らなかったとはいえ、川の泥の匂いのする人に守られたくはないなあ、なんて言ってしまった。天也は川そのもののようなものだったのに。

「……そういうの、気付けなくて悪かったな」

公太はぱちりと割り箸を割った。二人の前にはざる蕎麦と、鱒の塩焼きの皿がある。なんだかあの川のものを食べたりしたら、白鱗様の思い通りになったりはしないだろうか、と考えてしまって、美月は蕎麦だけだ。公太は気にしないようで、美味しそうにむしゃむしゃと食べている。そんなこと言ったら、この辺の水は全部あの川のやつだぞ、風呂にも入れないし、気にしてられるか、だそうだ。

兄のそういう大らかなところは、助けが減ってしまった今になると本当に頼もしい。

「気付くとか難しいでしょ。だって、お兄ちゃんだって何も知らなかったわけだし……」

「でも、俺だって近くにいたんだしなあ」

ちゅる、とすすった蕎麦は、確かに少し香ばしくて素朴な味がした。ちゃんとお腹に物を入れて元気出さなきゃ、と友人たちなら言うだろう。だから、無理しない程度にしっかり食べることにする。

そういえば、とまた昔の夢を思い出す。美月はあの時両親がいなくて、一人で公園にいた。確か、誰もいない家に一人ぼっちでいるのが怖かったのだ。公太はどうしていたんだっけ。友達の家にでもいたのかな、と薬味の葱を嚙みながら考えていた。まあ、いなかったのなら気付くも何もないわけだし。責任を感じることもあるまい。

「俺が代われるなら代わってやりたいけど、そういうものでもないみたいだしな。その代わり、守ってやるから」

「……ありがとう」

今は頼りは公太だけだ。そう言ってもらえるだけで心細さが薄れる気持ちがした。改めて、過保護だなんて言って悪かったなあ。つるつると蕎麦をすするように、しみじみと感謝の気持ちが身体に満ちていく。が。

「……お兄ちゃん、今食べてるから、手とかは握んないで」

「お、元気そうだな。安心安心」

箸（はし）を持った手を取られそうになったので、ぺちんと叩いて止めた。天也がいなくなってから、公太はやけに距離が近くなった気がする。道中でも今みたいなやりとりを何度かしていた。慰めようとしてくれているのはありがたいが、美月には美月のパーソナルスペースがあるのだ。ここには防波堤になってくれるトム次郎を連れてくる余裕もなかったから、その辺は自分でなんとかしないといけなそうだ。

郷土資料館という古い小さな二階建ての建物は、営業中の札だけは下がっているものの、鍵（かぎ）がかかっており、声を掛けても誰もいなかった。勝手に入っていいものかと悩んでいたら、通りがかりの初老の女性が「役所の方に係の人がいますよ」と教えてくれた。それで少し緩い坂を登って役所の建物に入った。連休中とはいえ、ほんの少しだけ窓口に人がいる。それで係の人を呼んでもらったところ、運悪く休憩中なのだという。

「まあ、そういうこともある」

白っぽくて少し汚れた、天井の高い部屋だった。公太はその半分ぐらいを占める、ガラガラの待合いスペースの椅子に腰掛ける。美月も少し歩いたことだし、休憩でも……と考えたが、せっかくの明るい春の陽気に当たりたかった。手荷物だけ持って、少し外に出るね、と手を振る。公太の手が残念そうに伸ばされ、空を切った。

「あんまり遠く行くなよ。ついてこうか？」

「大丈夫、何かあったらすぐ呼ぶから」

やっぱり過保護だよなあ、と思うものの、今の状況では仕方がないのかもしれない。外へ出て、ちょうど満開のツツジの植え込みに、太陽が燦々と降り注いでいるのに目を細める。知らない場所に両親や学校抜きで旅行に来るのは初めてではないだろうか。これで何もなければ、ちょっとした冒険という気分なのだが。

とてもいい五月の日和だ。明るくて、光が身体に染み透るようだ。花は咲いて、少し離れた辺りには蝶が可愛らしく舞っている。

でも、天也がいない。

ずっと、隙あらばそのことが頭の中を蝕んでいく。おまけに、あれ以降水神様はまだ襲撃の様子も見せずにいて、逆にひたひたと見張られ続けているような気持ちになる。

はあ、とため息をついた瞬間、肩に掛けていたバッグが軽く揺れた。着信だろうか、と見るとスマートフォンは右手に持っていて、振動した様子はない。なんだろう。少し緊張して開けてみた瞬間。

何かが弾丸のように飛び出してきて、美月の顔にあわやぶつかりかけた。あわや、というのはとっさに左手をかざしてそれを弾いたからだ。少し湿った、べちん、という感触がした。地面からもそんな感じの音がする。慌てて見ると、そこには黒っぽい大きめの蛙が、少し着地に失敗して半分転びかけていた。

あのメッセージ騒動の時の、その後は天也が世話をしていたはずの蛙だ。しばらく姿を見かけずにいたのだが、どうしてか美月についてきていたらしい。ということは。

バッグからはさらに細い黒い蛇が顔を出していた。こちらはちろちろと舌を出して、余裕そうな様子でいる。

「ついてきちゃったの……？」

はっと、荷物が濡れたりしてはいないだろうかと探る。中には自分が入れた記憶のない厚めのビニール袋があって、その中だけがしっとりと水気を含んでいた。どうですか、というような顔で蛇が小首を傾げる。わざわざ自分たちでこの中に入って運ばれていたらしい。うっかりどこかにぶつけていたらどうするつもりだったんだ、と思った。

「気を使ってくれてた、でいいのかな……？　ありがとう。それはいいんだけど」

するりとアスファルトの地面に降りた蛇にできるだけ目線を合わせようとしゃがみ、これはどうすべきなのか、と悩む。先日は天也の味方をしていたようだが、元々は美月をあれだけ怖がらせた相手だ。今、どちらの側にいるのか全くわからない。

　とりあえず公太を呼んで、と立ち上がりかけたところで、蛙が飛び上がった。ぷるぷると首を横に振っている。『いいえ』だろうか。そこで思い出す。この蛙、『はい』と『いいえ』だけは意思疎通ができるようだったのだ、と。蛇の方は天也となら会話できていたようだが、体形があまりにタッチ入力に適していない。

「とりあえず、答えてほしいな。あなたたちは今、私の味方なの？」

　メモの画面を見せると、蛙が小さな前足を動かして『は』『い』と入力をした。あまり効率が良くはない。それで、自分で『はい』と『いいえ』と打って見せる。

「『はい』はこっち。『いいえ』はこっちを指してね」

『はい』

「私の味方なのは、天也がそう言ったから？」

『はい』

「天也がもういなくても、味方してくれるの？」

　蛙は少し考えているようだった。何か質問の前提が違っているのかもしれない。噂にしか聞いたことのないこっくりさんをしているような、プログラミングの授業で上手くいかない時のような、もどかしい気持ちだった。

「だって天也、もういないよね」

　そうして考えて放った言葉に、美月は自分で自分の胸を絞るような苦さを味わう。

だが、蛙は即座に反応した。

『いいえ』

　美月は目を見開いた。目の前で食いちぎられたと思っていた。そのまま、いなくなってしまったと。学校にも現れないし、もちろん、家族からの連絡もない。家族なんて本当は元々いなかったのだろうけれど。

「……生きてる、の？」

『はい』

「でも、こっちに来てくれないのは……怪我とかしてるから？　何か大変なの？」

『はい』

「嫌になったとかじゃない」

『はい』

　そのまま、膝を抱えて泣きたくなってしまった。それでも我慢をする。まだ二匹が本当に信用できるのかわからない。

「とにかく、お兄ちゃんに教えなきゃ……」

『いいえ』

　蛙の指は頑なにそちらを指していた。

「なんで？　お兄ちゃんに知られると何かまずいの？」

『はい』

駐車スペースに一台の軽自動車が停まって、スーツ姿の女性が一人降りてくる。あれが係の人だろうか。なら、そのうち公太が美月を呼びにこちらに来るはずだ。

「作戦？」

首を捻って考えついたのは、それくらいだった。公太にも、天也が生きていて眷属たちがいて、という現状を内緒にしておくことで、ここぞという場面で必殺の一撃を食らわせるのだ、という。アウェイの彼女らは、それくらい慎重に作戦を立てないといけないのかもしれない。

『はい』

ぺちぺち、と蛙の足が画面を叩く。『はい！　その通りです！』とでも言いたそうな感じだ。

「……後で、夜にでももっと詳しく聞かせてよ。それまでは黙ってるけど、おかしいことをしたら怒るからね！」

怒るからね、じゃないんだよなあ。言ってから美月は力が抜けるような気がした。この二匹は元々神様の眷属で、いざとなれば人ひとり丸呑みにくらいはできるような蛇と蛙なのだ。逆に美月がすぐに襲われないのが不思議なくらいだ。

そう考えると、少しは信用していいのかな。何かするならこの場でしかけてくるよね、とも思う。

「……呼び方、蛇と蛙、じゃちょっと味気ないか」

またバッグに入れてやりながら、美月は少しだけ態度を軟化させることにした。天也がささみをあげたりして可愛がっていたらしい相手だ。とにかく夜までは付き合ってやろう。

「蛇くんは前に蛇くんって呼んでたから、そのままで。蛙の方は……ケロちゃん？」

蛙が、バッグの中でちょいちょいと前足を振る。美月はスマートフォンの画面を近づけてやる。

『はい』

とん、と小さな指が湿ったタッチをして、ビニール袋の中に入っていく。

気に入ったのかな。それに対して蛇が小さく尾を振り、また隠れた。

「美月、資料館に入れるって」

役所の入り口から公太の声が聞こえる。美月は、はあい、と返事をして小走りで戻っていった。バッグの中に、小さな秘密を隠したまま。

『曲瀬郷土資料館』の看板はかなり小さく、先ほども公太が見つけなければ通り過ぎてしまいそうなほどだった。見た目もごく普通の、築二十年ほどの二階建ての建物だ。

「なかなか来る人もいないから、普段は受付も閉めちゃってるんだよね。悪かったね」

三十歳になるかどうか、というくらいの、髪の長い気が強そうな女性が鍵を開けてくれた。名札には『野々宮』とある。

「にしても、カップルで旅行に来るのになんでまたこんな……って言い方はあれだけど、観光するところなんてここと河原くらいだよ」

川遊びするにも、もっと上流の山の方が……と言いかけたところに口を挟む。

「はは、そんな風に見えますか。残念だけど……」

「兄妹です！」

おや、と意外そうな顔をされる。まあ、男女の二人旅といったらそんな風に思われるものなのかもしれないが。とても不本意だ。公太もなんだか嬉しそうにしているんじゃない、と思った。

「それはごめんね。仲が良さそうだったからね」

中へ入る。なんということもない建物だが、変に足音が響いて少し厳粛な気持ちになった。博物館みたいなところだから、お喋りをしたりしてもいけないのだろう、と軽く気合いを入れたのだが。

「じゃ、簡単に解説するね。質問があったらすぐにどうぞ」

「いいんですか、えっと、うるさくしても……」

肩をすかされたような気分になっている美月に、野々宮さんは軽く笑った。

「別に他に人がいるわけでもないし、飾ってあるのはほとんど複製だからね。大事なものはガラスケースとか、あとは岐(わかれ)の神社とかに納めてあるし」

岐の神社。結構大事そうなところだ。覚えておこう、と思う。それから、野々宮さんによるかなりざっくりとした説明が始まった。

まあ、どうしても初めは川の話からになるかな。野々宮さんは流暢(りゅうちょう)に語り出す。昔からこの土地は蛇行する双葉川の兄川と弟川に挟まれて、土地には恵まれていたけど治水に苦労したんだよね。大体百年に一度大洪水、そうでなくても大水が多かった。だから、昔は神様のお嫁さんにするって体で生贄(いけにえ)を捧(ささ)げたりね。今じゃ考えられないような差別もあったから、他所(よそ)から来た人の家がターゲットにされたり……。ただ、さすがにそれじゃいけないっていうので、江戸(えど)時代に情勢が安定してからは定期的に堤防を作って直して、それが今のあの河岸の堤の元になってる村上堤ね。

天也が話してくれた神様の物語が、人の視点で語り直されているようでとても興味深かった。あまりに理不尽な貧乏くじを引いていたらしい自分の家はどこか他所の土地から来て、また出て行ったのだな、と思うとそのルーツも気にかかる。もしかするで考えて。

と、他所の血ということ自体が白鱗様には意味があることだったのだろうか。そこま

「……村上堤？」

呟くと、野々宮さんは美月の疑問とは別の意味に取ったようだった。

「そう、村上さんが指揮を執ったから村上堤。実は私のご先祖様でもあるんだ」

照れたように笑う。もちろん、それは素晴らしい功績なのだろうと思う。きっとその堤防が効いて洪水も減って、人はあまり神様を祀らなくなって、それで百年前の生贄の女の子は白鱗様のプロポーズをはねつけることができたのだろうから。

「あの、その村上さんってお家は……」

なんて言えばいいんだろう、ちょっと変わった神様を祀ったりしていませんかって？

「祭祀の家だと聞いたんですが」

公太が引き継いで質問をしてくれた。野々宮さんは目を丸くする。

「あら、もしかして、わりと詳しい人だった？」

昔はね。今はただの小さい神社の神主だよ、と彼女は笑う。

「さっき岐の神社って言ったでしょ。あそこの管理をしてるの」

「ご親戚なんですよね」

「今の当主……ってほどでもないけど、まあ神主が従兄。あっちも結構面白いもの持ってるんだけど、やっぱり歴史があるからこっちに渡してくれないんだよねえ。神社の神様の絵図とかがあって……」

かさかさ、と音を立てて野々宮さんは何か探しているようだった。あったあった、と複製という資料の中から一枚の絵を大事そうに取り出す。

「それが、神様？」

公太が聞くと、そうそう、これだけは複製がこっちにあるの。面白いでしょう。頭が二つある蛟なんだよ、と見せてくれる。なるほど、水墨画というのか、白黒の濃淡で描かれた姿は短めの龍という感じがした。確かに頭が二つあって、片方は小さく描かれている。天也だ、と途端に胸が締め付けられるような気がした。黒っぽい頭と白っぽい頭、胴体は鱗が交じって、やはり白い方が多いようだ。短い角と長い顔、たてがみと短い手足。

「こっちの白い方が兄川、黒が弟川って言われてる」

「えっと、鉄橋から見えたのはどっちですか？」

「兄の方。弟川は灌漑とか埋め立てとかで、あんまりわかりやすくは残ってないの」

ああ、そういうところも力関係の差に繋がったんだろうか、と小さな頭を見る。人になってようやく逆らうことができたという天也。同じ身体で弱い側の身でいたのは、きっと辛かっただろう。

「美月、大丈夫か？　疲れた？」

公太が心配してくれたので、大丈夫、と首を振った。多少の疲れはあるが、天也のことを少しでも知ることができた、それが叫び出しそうなくらいに嬉しかった。もちろん、音の響きそうな資料館でそんなことはしないが。

「休憩できるスペースもあるから、良かったらどうぞ」

「ああ、自販機あったし、飲み物買ってこようか」

それでも、二人は心配をしたのか妙に気を回されてしまった。いいのに、と言おうとしたところで公太は外に出ていってしまう。野々宮さんは親切に、こっちこっち、と小さくパイプ椅子が置かれたところに連れて行ってくれた。

そうして。

「ねえ」

声を潜める。

「気に障ったらごめんなさいね。大丈夫？」

「え、そこまでは疲れてませんよ。お話、面白かったですし」

そっちもだけど、そうじゃなくて。野々宮さんはちらりと扉を見た。

「あなたたち、ちゃんと兄妹？　まあ、ごまかしてるにしても、合意があって旅行してるならまだいいよ。そこは大丈夫？　連れ回されたりしてない？」

　美月は目をぱちくりとさせる。何を言えばいいのかわからなかった。公太は兄で、美月は妹で、当たり前ではないか。少なくとも、そんなに怪しまれるほどではないはずだ。

「兄妹です。本当に……家に電話してくれても大丈夫です。ちゃんと許可をもらって旅行してます」

　そう、ならいいんだけど。野々宮さんはほっとしたようだった。最近隣県でたまたまそういう事件があって、女の子の方が警察に駆け込んだらしい。それで心配してくれた、ちゃんとしたいい人なんだな、と少し気を悪くしたのが申し訳なくなった。

「お兄さん、話をしてる間もずっとあなたのこと気にしてたから、何かあるのかなって思っちゃった。心配性なのかな。困ってるわけじゃないなら忘れてね」

「困ってますよ。すっごい過保護なんです。……今回の旅行は、それで助かってるけど」

　美月は笑って、その話を終わりにした。代わりに、野々宮さんにもっと聞きたかったことを尋ねてみることにする。

「あの、さっきの村上さんのご親戚か何かに……天也って名前の男の子はいますか？」

　あまり期待をしていた質問ではない。村上天也の名前は、どうせ偽名だと思っていたからだ。

「天也……ああ、いるというか、結構前に事故で亡くなった子ね」

きっとその事故は水の事故だ。直感的にそう思った。

「生きてればちょうどあなたくらいかな。当主の息子さん」

野々宮さんから見ても親戚に当たる子なのだろう。少し痛ましげに目を細める。やはりいい人なんだろうな、と感じた。亡くなった村上天也が今の天也とどの程度関連しているのかとか、その辺は理解の外だ。名前を借りただけなのかもしれない。ただ、少しずつ、少しずつ天也のことがわかっていく。霧が晴れていくようだ。

そうして、早くまた会いたい、とも。

公太がペットボトルを二本抱えて、また建物に戻ってくる。はいお茶、と渡されたボトルはひんやりと冷たくて、川の水もこんな感じなんだろうか、と思った。

「この辺のことは結構知ってるみたいだけど、どこで聞いたの？　本当、川くらいしか何もないとこよ」

実は、昔散々生贄にされた家の者なんです、とはなかなか言えなくて、ええと、と視線をさまよわせた。

「水神様の方の縁者です」

公太がおどけてから、要は大学の課題のフィールドワークです。事前に少し調べ物をしてから来たんですよ。すごく助かりました、と当たり障りのないごまかしをしてくれた。美月も、自分は手伝いをしてるだけなので、という顔をしておく。

「そう。地域研究ならやっぱり神社とか、あとは祠とか碑文とかがところどころにあるから。その辺を見てみるといいかもね」

『まがせウォーキングマップ』と書かれたシンプルな地図を渡してくれた。確かに、川に関係するのだろうポイントが簡単にイラストで示されている。

野々宮さんは最後まで親切に、時々上流から流されてくるという緑色の原石と、それを加工した艶のある翡翠の展示を紹介してくれた。蛇くんが大量に持っている、あの石と同じ物のようだった。やっぱり、ここの川のものなんだ、とそれを見てようやく実感できた気がする。

案内が終わると、野々宮さんは腰に手を当てて明るく笑った。

「いやあ、おかげでちょっと仕事中にリフレッシュできちゃった。ありがとね。何かあったらまた来なさい」

堂々とサボれるからね、と。

「……いい人だったね」

資料館を出ると、もうじき夕方、というくらいの時間帯だった。神社も気になるが、もらったマップを見て距離を考えると少し遠い。かと言って、荷物を預けている旅館に戻るのも少しもったいない気がした。

「……川って、わりと近くにあるんだよね」

「ああ、この道をまっすぐ行けばすぐだ」

駅からも少し見えた双葉川の兄川を、一度きちんと見てみたかった。何か危険がないとも限らなかったが、それでも。

「行ってみていい?」

「堤防までしか行けないみたいだけど。それで良ければ」

むしろそれくらい離れていた方がいいな、と思う。言われた通りに並木の道をしばらく行くと、急に視界が開けた。

道の向こうにコンクリートで固められた塀のようなものが立っている。それほど高くもないな、と思いながら近づいたら、その先の地面は低いところにあって、すぐ川になっているらしい。下に降りることはできないものの、川岸はやはりコンクリートでしっかりと護岸工事が行われているようだった。川幅はかなり広く、向かいの岸に渡るためには、昔は小船でも使ったのだろうか。もちろん、先の方に大きな橋がかかっているから、今は船も泳ぐ必要もない。

「この辺はこんな感じだな。洪水が多かったから、岸がガチガチに固まってる」

安全だけど、風情はないよなあ、と公太は向こう岸を見ていた。

「最近は平気なのかな？　台風の時とか」

「それこそ、さっきの資料館で聞けばわかるのかもな」

野々宮さんに聞けばよかったかな、と後ろを振り返る。まだ明るい空の下、並木がざわざわと揺れていた。

「生贄は、水神様……白鱗様の力になるから欲しがられてるんだよね。で、大水が出たら止めるために生贄を捧げてた。……ということは、大水を起こすこと自体は生贄がなくてもできる、のかな」

「まあ、食事と考えれば、腹が減ってても少し運動するくらいはできるだろ」

なるほど、と納得した。お腹が空く、大水を起こす、人が怖がって生贄を捧げる、生贄を食べる、お腹がいっぱいになって力もみなぎる、という図式だ。

「ということは、今の白鱗様はめちゃくちゃお腹が空いてるってことだよね。だって、百年前に食べ損ねてるんだから」

「二日くらい断食した感じかな」

「そう考えるとかわいそうだけど……」

でも、それなら今は川を氾濫させるような力はないと考えていいんだろうか。そんな力があったら、美月ももっと恐ろしい目にあってすぐに食べられていたのだろうし。

「ただ、弱ってたとしてもかなり怒ってるだろうからなあ」

「怒る？」

「人には祀られず、嫁は取り逃がし、力は衰えるばかりで、川は勝手に形を変えられる」

　公太が指を折る。

「フラストレーションっていうのかな。溜まっててもおかしくはないだろ。だから起死回生、みたいな感じで生贄を欲しがってる」

「そんな、ストレスで過食するみたいな感じで食べられたくないよ！」

「どっちかというと、雪山で遭難したから、このまま凍え死ぬよりは狩りに行く、みたいなイメージだな」

　必死なんだよなあ、と公太は困ったように言う。美月はそれでも納得できるはずもなく、ゆったりと流れる水を見つめている。

「私、来るまではこんな土地も川も嫌いって思ってた。だって、ご先祖様を生贄にして、私は怖い思いをして、天也もあんなことになって……」

　きらきらと、水面は傾きかけた暖かな色の陽を反射する。水の下には石や砂や泥があって、中には上流の山から流れてきた翡翠も転がっているのかもしれない。そうして、きっといろんな魚や生き物が生きている。

「でも、来たらお蕎麦は美味しくて、野々宮さんはいい人で、資料館も結構面白くて、街もなんか普通の街で、川は……結構綺麗だった」

これは兄川だから白鱗様の方の川で、黒鱗の天也の川はだいぶ埋め立てられてしまっていると聞いた。でも、やっぱり彼に連なる流れだ。嫌いになれるはずがない。

「絶対食べられたくはないよ。けど、なんだかよくわからなくなっちゃうな。私、どう考えればいいのかな……」

風が髪を揺らす。少し汗をかいた肌に、涼しい感覚が心地よかった。ここがすごく感じの悪い、過ごしにくい土地だったら良かったのに、心ゆくまで憎めたのに、なんてことも考えた。

「気持ちって、よくわからないよな」

公太の返事は、美月に何かを示してくれるようなものではなかった。

「さっき水神様の話をしたけど、あっちだって本当に怒ってるからとか、食べたいからとかだけで美月を追ってるのかはわからないし」

「他に何かあったとしても、嫌は嫌だよ」

「わかってるよ。みんな複雑なんだと思う。だから、あんまり考えすぎるなよってこと」

ぽん、と公太の大きな手が肩に置かれた。手のひらの熱を感じる。信じていい、確かな熱だと思った。

「美月がここが好きなら、好きでいいんだと思うよ。それは、水神様がどうとかはまた別にしてさ」

向こう岸には家がいくつかあって、ぽつぽつと明かりがついてきているようだ。東京よりはずっと建物が低くて空が広い。今は過ごしやすいが、夏とか冬はどうなんだろう。大水が起こるくらいだから、たまに大雨が降ったりするんだろうな。げごげご、と蛙が鳴いているのに気付いて、美月はバッグの中の蛇くんとケロちゃんのことを思い出した。後で上手(うま)く話を聞くことはできるだろうか。

「まだ好きかどうかはわかんないけど……」

何気なく水面をもう一度見た。

川面(かわも)が、先ほどと違ってざわざわと波立っているように見えた。飛沫(しぶき)が跳ね、散り、水音もし出す。よく見ると、大きなものから小さなものまで、数多くの魚が美月たちの近くにだけ集まっているのだ。集まり、ひしめき合い、こちらに視線と口を向け、水面近くでぱくぱくと口を開いたり閉じたり繰り返し……。

ひゃっ、と声が出てしまった。思わず堤防から離れる。

「お兄ちゃん、これ……」

「離れよう。一旦、旅館に行くか」

ばちゃばちゃと水音がうるさい。水面の上に身を投げようとしている魚もいるようで、びちびちと何か跳ねている音もした。

「大丈夫、俺が守るからな」

ぐい、と腕を引かれる。天也にもこんなことをされたな、と思った。天也の手はいつもどこかひんやりしていたが、公太の手は温かい。天也がいない今は、その温もりだけがありがたく、唯一すがれるものだった。やっぱり、たった一人の兄なのだと、心から頼もしく思う。二人は急いで来た道を戻り、黄金に輝く夕暮れの空気の中、脇目も振らずに駆けていった。


曲瀬には小さな旅館が一軒だけあって、豪華な宿ではないものの、温かく二人を歓待してくれた。駅前には簡素なビジネスホテルらしき建物もあったから、公太が居心地の良さそうなところをわざわざ探してくれたのだろう。温泉ではないが、大浴場もあるらしい。部屋割りは少し迷ったが、状況が状況だ。美月が頼んで二人部屋にしてもらった。

カーペット敷きの廊下を少し行ったところに案内された部屋があり、夕飯はそこに持ってきてくれるらしい。客室としては広くはないが、普段の美月の部屋よりはよほど広々と感じる。ベッドや机がないせいかもしれない。

「大阪のおじいちゃんの家の匂い、しない？」

公太は鼻を動かして、そうか？　という顔をしていた。木の匂いのような、お香っぽいような、畳の香りに何かが混じった和室の匂いだ。案外嫌いではない。

「どうしようか。夕飯は七時だよね」

「ああ、それまでは部屋でのんびりしておくといいんじゃないかな」

壁の時計を見る。五時を回ったところで、辺りはまだそれほど暗くもない。ただ、川の近くは危険なようだし、さっき魚に反応されたあたり、まだ外に出るには不安もある。だが、蛇と蛙の話を聞くには一人にならないといけない。

「……お風呂、行ってこようかな？」

大浴場なら、さすがに公太がついてくることもなかろう。騙すようでなんだか申し訳ないが、とにかく事態を確認しないといけない。

「大丈夫か？　ここ、内風呂ないのだけは不満なんだよなあ」

大丈夫大丈夫、と荷物を探る。ショルダーバッグの中をちらりと覗くと、蛇くんとケロちゃんがビニール袋の中ですやすやと眠っていた。いい気なものだ、と小さく袋を指で弾き、着替えやら部屋に用意してあったタオルやらを取り出してそちらに詰める。

「お兄ちゃんも行ってきていいよ。何かあったら連絡するし。休憩所みたいなとこがあるかもだし」

「ちょっと休んだらな」

はあい、と部屋を出る。肩までの髪は、昼間にあちこち移動したせいで少しべたついている。早くさっぱりしたい、というのも本当だった。廊下を大浴場への矢印に沿って歩く。靴から解放された足が気持ち良い。周囲には他の泊まり客の気配はない。いわゆる貸し切り状態というやつなのかもしれない。居心地良くもあるし、この状況下では物寂しく、不安でもある。白鱗様の本拠地だ。根本を解決に、と来たが、まだ何も手掛かりが摑めていないのが恐ろしい。

その辺を、ちゃんと公太とも話したいんだけど、と思いながら、大浴場の手前にまで来た。右手のスペースには休憩コーナー、と少し古くなった紙が貼られていて、椅子がいくつかと自販機がひとつ。

ここがいいかな。椅子のひとつに腰掛けて、バッグからあのビニール袋を引っ張り出した。

蛇くんは、どうやらさっきの振動で目覚めていたらしい。黒い目を開けて美月をじっと見ている。ケロちゃんの方は、白い腹を見せてまだ寝ている。一瞬、死んでしまったりしていないかと不安になったくらいだ。軽く揺さぶるとぴょいと飛び出してきた。

「……もう、困るよ。ケロちゃんがいないと全然話せないんだから」

話すと言っても『はい』と『いいえ』だけなのだが、それでも意思の疎通ができるとできないとでは大違いだ。またスマートフォンを用意しようとした……ところで。

するり、と蛇くんの方が床に降り、滑るように廊下の方へと進み出した。

「蛇くん？」

鎌首をもたげ、美月を見つめ、またするすると行ってしまう。

「……ついてきてってこと？」

『はい』

とん、とケロちゃんが美月の肩に乗り、くるりと舞うようにジャンプして画面を身体でタッチし、また肩に戻る。これ、千歳あたりだったら蛙は駄目！　とか大騒ぎしてただろうなあ、と思いながら、蛇くんを目で追った。するすると、ようやく椅子から休憩コーナーの入り口に辿り着くところだった。

遅い。

「……どこ行こうとしてるのかわかんないけど、それじゃ外が真っ暗になっちゃうよ」

指で蛇くんを摘まむと、鱗がひんやりとして変な触り心地だ。蛇くんはほんの少し尾を振るが、逆らわずに美月のパーカーの袖の中に入ってきた。ひえ、と思わず声を上げかける。

「方向聞くから、ケロちゃんがナビして。いい？」

『はい』

「じゃあここから出て、右？」

『いいえ』

面倒なナビゲーションの詳細は省くとして、しばらくすると美月は旅館の玄関にたどり着く。

「……えっと、外？」

ケロちゃんは人目につかないよう先ほどよりも小さくなって、やはり美月の袖口に隠れていた。そこから前足を伸ばしてタッチする。

『はい』

外か、と暗くなりかけてきた景色を見る。一人で出るのは不安も大きい。

「やっぱり、お兄ちゃんを……」

『いいえ』

ケロちゃんのタッチと、蛇くんが美月の指に絡みついたのは同時だった。蛇くんの冷たい感触は、天也の手に似ていた。黒い目は、天也の目に似ていた。蛇と蛟って似ているんだろうか、と思う。神様に爬虫類とかが関係するのかはよくわからない。それでも、思い出してしまった。

「遠い？」

『いいえ』

「すぐそこ？」

『はい』

「行くにしても駅までね。それ以上遠かったら帰る。川には行かない」

『はい』

よし、と心を決めた。靴を取り出して、外に出る。いざとなれば公太に連絡をして、とスマートフォンを握った。

とはいえ、案内された場所は予想外に近かった。旅館の敷地内、中庭部分だ。そこには小さな小さな小屋のような祠があって、横の看板に何か由縁の文字が書いてあるようだったが、暗くてよく見えない。

ただ、祠の屋根の下の石には、資料館で見た双頭の蛟が薄く彫られている、それだけは見て取れた。

「これ？　これを見せたかったの？」

『はい』

その返事が来たのと、蛇くんが草の生えた地面にするりと降りて、祠へと這っていったのとはほぼ同時だった。口が大きく開いて、ことん、ことん、といくつかのあの翡翠の原石がこぼれ落ちる。石はやはり泥にまみれて汚れていた。黒い目がきゅっと線のように細められ、頭が下がる。まるで祈っているようだ、と思った。

「何やってるのかな……って聞いても無理か。えっと、これは……」

「簡単な儀式だよ。僕が戻ってくるための」

天也の声がした。

「……え？」

周囲を見回す。少しずつ闇に呑まれつつある中庭には、しかし人の気配はない。

「一度やられた時、こいつらに泥を持っててもらったから。ここで少し力をもらえば、喋るくらいはできるようになると思った。当たったみたいで何より」

声は、黒い蛇の口から発されているようだった。ちろちろと舌が動いている。先ほどまでとはちょっと違う動きだった。

「……天也」

「美月がそう呼んでくれるなら、そう」

その声には、申し訳なさがいくらか滲んでいるようだった。でも、蛇だろうがなんだろうが、何を申し訳なく思っていようが、何も問題ない。

「天也！」

一瞬、いくつもの気持ちが浮かんで消えた。生きてて良かった。なんで色々黙ってたの？　私のこと騙してたの？　もういなくならないよね？

そんな気持ちをひとまず鎮めて、一言こう呟く。

「……良かった」

「良かったって言ってくれて、良かった」

「良かったけど、少しは怒ってるんだよ。心配したし、わけがわかんないことばっかりで……」

さっきの魚の群れを思い出す。知らない土地で、ずっと心細かった。公太は支えてくれたが、それでも。

「……天也がいれば、ってずっと思ってた。天也じゃないとダメ。いてくれないと、ダメだよ」

目元を軽く拭う。蛇は無表情に見える顔でじっと彼女を見ている。

「人間じゃなくても？　ああ、蛇には喉を借りてるだけだから、そのうち人の姿は取れるようになるけど……それだけじゃなくて」

わかっている。人間じゃなくて、神様でもいいのか。本当の姿が人でなくてもいいのか。そういう話だ。美月はまだ少し怒った涙目のまま頷いた。

「いいに決まってるよ。天也がそういう……すごい存在なら、それが自然なら」

そう、と少しだけ声がまた安堵の色に染まった。そうだ。戻ってきて、また味方でいてさえくれるなら、正体がなんだって構わない。それが天也の本来の姿なら、それでいい。完全に元の二人に戻れなくたって、これから新しく関係をやり直していけばいいのだ。

美月はようやく大きく息を吐いて、そうして少しだけ口元をほころばせた。

「……ごめんね。私、天也の前で結構……水神様のこと、悪く言ってたよね」

「別に、気にしてない。状況が状況だし」

「それでもこっちが気にするの。嫌なことはいっぱいあるけど、でも、天也のことが好きだよ」

一瞬、周りから音が消えたような気分になった。

「それは……」

「は、話！　話を聞かせて！　ほら、いろいろあるんでしょ！」

顔がかあっと熱くなるのを感じる。思わず考えていたことをそのまま言ってしまったようだ。ケロちゃんの丸い目がじっと美月を見上げているので、手で覆い隠した。

ぐるぐると困ったような鳴き声が聞こえる。

「でもえっと、さっきのはいわゆる……」

「天也！」

また機微に疎いことを言われては敵わない。もう少しして、事態が落ち着いてからちゃんと言うつもりだったのに！　天也はそんな美月をちろりと見やり、また口を開いた。

「まず、話してないことがたくさんあって、ごめん。美月に嫌われたくなかったのと、ゲームのルールで言えなかったことがあった」

「ゲーム？」

そう、と蛇の顔をした天也は小さく頷く。

「僕は十年くらい前に、美月を探しに曲瀬から東京に来た。元の身体から分かれたり土地から離れたりで、だいぶ弱くなった状態で。で、満を持して百年の節目にあいつが……白鱗が来ることになって」

その頃にはもう、美月を食べてしまおうなんて気はなくなってた。淡々と天也は言う。

「もう止めようと言ったんだ。今さら生贄を食べて力を得て、何になるんだって。そしたらあいつ、鼻で笑って――なら遊戯をしようって言った」

遊戯、ゲームか。鯰も何か言っていたっけ。

「簡単な話で、向こうが美月を手に入れるために眷属をけしかけるから、それから守ってみせろってやつ。とりあえず鯰まではどうにかできたけど、そこで一旦ゲームオーバーになった」

「ルールっていうのは？」

「白鱗のことは話しちゃいけない、代わりに、白鱗本人は美月を襲わない、一度負けた眷属は従わせることができる、ただ、ルールを破ったら一気に攻めに来る、といったところ」

遊びで自分を手に入れられると思ったら大間違いだ。ぎゅっと手を握る。

「そのわりには、他のことも結構黙ってたよね」

行き所のない気持ちをやりすごすためにも少し怒って見せると、天也は蛇の首を軽く下げた。

「……だってどこまで話していいのか、よくわからないだろ。それに……」

「それに？」

「……恥ずかしいし。正体。半分泥だし……」

ルールの不備でもあるけど、そういう心理を読んで仕掛けてくるんだよ、あいつ、と天也は不満げだった。

「とにかく、美月がこっちに来たのはピンチとチャンス両方だ。本拠地にのこのこ来たというのもあるし、僕がこうして回復して、また守れるっていうのもある」

「復帰するのは、ルール的にいいの？」

「ダメとは言われてない。今ならまだバレてはいないはずだから、できるだけ僕と蛙がいることは黙ってて」

「ケロちゃんね」

ぺちん、と前足が伸びてきて美月が持っていたままのスマホを叩いた。やはり『はい』だ。気に入っているらしい。

「眷属の威厳はどうした、お前……」

くくく、と喉を鳴らすような声だけが返ってくる。

「それでとりあえずは、あんまり外に出てると変に思われるよな」

「お兄ちゃんなら別に話しても……と思うけど、とにかくバレちゃダメなんだよね」

「そう。そこは大事だ」

つい、と蛇が美月の手に絡んで、細い尾が唇のすぐ傍で揺れた。多分、『しーっ』と人差し指を立てているような感覚なのだろう。日はもうほとんど落ちていて、中庭は明かりも薄い。建物から漏れる光で、鱗はつやつやと輝いていた。

「美月」

静かな声で天也は言う。

「きっとこれから美月は、とても辛い思いをすると思う。僕はそれをわかってて、ちゃんと教えてあげることができない」

　今までも結構してきたけどな、辛い思い、と思った。特に、天也がいなくなってしまったと思っていた時、あれが一番ひどかった。自分の身体まで引き裂かれてしまったような気がした。もう、あんな思いはたくさんだし、あれ以上を想像することもできない。

「……天也がいてくれるなら、大丈夫」

「そう思ってくれるなら、嬉しいよ。でも、それだけじゃない。白鱗は……あいつ、バカだけど狡くて、僕よりずっと強い。これ以上はルールで話せないけど。危険なのは確か」

「気をつける」

「うん」

「大丈夫。僕が美月を守るから」

　以前からよく天也が口にしていた言葉だ。言われるたびに、心が温かくなった。同時にいつもどこか、不甲斐なさに近い気持ちを感じていた。でも、仕方がない。美月は無力な人間で、まだ高校生で、一人旅もできないちっぽけな子供でしかない。狡猾な神様相手になんて、一人きりで敵うはずがないのだ。

「……ありがとう」

ごめんね、と言いたいところをぐっと我慢して、それだけ答えた。

「ずっと助けてくれて、ありがとうね。もうちょっとだけ、よろしく」

ちろり、と蛇の舌が美月の口元すぐ近くを掠った。そのまま、蛇はまた袖口に戻っていく。暗くなった空を見上げると、都会よりもずっとたくさんの星が銀砂のように散っていた。しばらく呆ける。

「えっ今、えっ、ちょっと……」

「声が大きい」

「だって今のは不意打ちだよ……」

頭が真っ白になりながら抗弁する。

「わ、わざとやったの？　偶然？　どっちでも怒らないから」

「わざと」

いたずらっぽく、舌がちろりと覗いて隠れる。

「やりました」

「なんで蛇くんの時にそういうことをするの!?」

「美月がさっき何か言ったから」

天也のことが好き。その言葉のことだとすぐに思い当たった。やっぱりちゃんとわかっていたのじゃないか！　と思う。それに対してわざとこんな態度を取るということは、つまり、天也の方も……。

美月は、横目で蛇の天也を見た。

「今のも……何か参考にしたの？」

「いや？」

天也はごく真面目に答える。

「今のは自分で考えたし、初めてだったからすごく緊張した」

「そ、そう……」

「嫌だった？」

「い、嫌とかじゃないけど。嫌じゃないけど……」

「そう、良かった」

嬉しいけど、とはなかなか言えず、それでも怒っているわけじゃないよ、というのはどうにか伝えようと四苦八苦していたところ。

『はい』

ぺちん、とまた蛙の手が伸びてきた。良かったですね、という顔でまた喉を鳴らしている。

「ケロちゃんは……ケロちゃんは、ちょっと待っててね……！」

こそこそと、小声で言い合いながら、美月はそろそろ建物へと戻ることにした。でも、こうして思いがけない味方がいるということ、それ自体が泣きそうなくらいに嬉しかった。

天也め、と思う。これはもう、これはもう、だ。

ちゃんと人の形に戻って、もう一度、今のをやり直してもらうしかない。それしかない。

泥人形だって、正体がなんだって、別に構わない。とにかくもう一度だ。そのためには美月だって頑張って、頑張って、あっさり食べられたりしないようにするしかない。なんだってやる。

探そう、自分にできることは何か。絶対に何か、あるはずだから。


「ねえ、お兄ちゃん」

あれから急いで入浴して、思っていたよりも豪華な食事を摂って、布団を敷いてもらって……念のため、布団は離してもらって。

「ん？」

電気を消してすぐの部屋の中、左側の布団から公太の声が返ってくる。

「お兄ちゃんは……うーんと……」

少し言い淀む。隠し事がある以上、話題を振るのにも少し悩んでしまうのが申し訳ない。それで、少しぼかした言い方でどうにか話し始めた。

「好きな人とかいる？」

ゴホ、と咳き込むような声が返ってくる。何かまずいことでも言っただろうか。

「ご、ごめん」

「いや、いきなりそんなこと言われてびっくりしただけだけどさ……」

なんでまた……と言いかけて、公太の声音が変わった。

「あっ、まさか誰かに告白されたとかそういう」

「そういうのじゃな……いや、ある意味白鱗様のあれは告白なのかもしれないけど」

反射的に返してから、天也のことは内緒、と口をもごもごさせる。暗いおかげで、向こうには挙動不審は見とがめられずに済んだようだ。

「ずっとね、考えてたの。白鱗様からちょっかいをかけられるようになってから。好きってなんなんだろうなあ、って」

「それで俺に？」

「そう。白鱗様は私に好きになってほしいわけでしょ。それは絶対ないけど、そもそも好きになるって何かな、どう変わるのかなって」

天也が幼なじみ以上になったことを自覚したのは少し前で、それでも、自分の中で何がどう変わったのかはよくわからない。気がついたら魔法にかけられたように、以前と違う、ということだけが確かになっていた。

「……だいぶ前に、ほんとにだいぶ前に、まあ、一人だけ」

振られたんだけどな、と公太はぽつりと言った。

「うそ」

「本当だよ。まだ傷だから、あんまりつつくなよ」

いかにも社交的で人気のありそうな……妹のひいき目抜きでもすぐに彼女の一人や二人できそうなくらいの公太でも、失恋なんてすることがあるんだ、と思う。意外でもあるし、妹の方ばかり構っていたわけではなかったんだな、とほっとする気持ちもある。

それにしても、いつの間にそんなことがあったんだろう。だいぶ前というから、中学生くらいの頃だろうか。公太が中学生の頃というと、美月が天也と出会った、そのもう少し後くらいだから、だいぶ記憶も曖昧だ。なかなか思い出せない。

「その……好きだというのを意識するようになったのは、振られてからだったな。忘れられないというか……」

これくらいでいいか？　と珍しく恥ずかしそうな声がする。

「忘れられない、のがお兄ちゃんの変わったこと？」

「一応な」

ごろん、とこちらに背を向ける気配があった。今まで見たことのない様子で、不思議な気分になる。

忘れられないということは、ずっと頭や心の中にいる、ということだろうか。何があってもその人のことを考えてしまうような。

「……白鱗様は、私にもずっと自分のことを考えててほしいのかな」

呟く。公太は眠たくなったのか、返事はない。そうして、美月は美月でまた腹が立ってきた。白鱗様については、考えたくもないのに考えさせられているのが現状だ。そんなのはやっぱり、好きとは違うだろう。

でも、それを防ごうと一緒に頑張ってくれている人がいる。公太と天也が、それぞれのやり方で美月を助けてくれている。頼らせてくれている。

大切にしなきゃ、と思った。

「お兄ちゃん」

返事はない。寝てしまったのかもしれない。

「ありがとうね」

それでも、それだけ告げて、美月はゆっくりと目を閉じた。

疲れのせいだろう。ぐっすり眠った次の日の朝。朝食は食堂で、やはり二人の他に客は見かけなかった。外からは色の薄い朝の光がきらきらと差し込んできている。昨日よりは曇りがちだ。

「やっぱり、泊まりに来る人とかはあんまりいないんだね」

「その分気楽でいいだろ」

言い合いながら和食御膳をもぐもぐと食べていく。

「この野菜も地場だって言ってたな」

「へえ」

言われてみれば、おひたしのほうれん草など味が濃くて食べ応えがある。

「観光客とかがいない土地でも、普通に人がいて、お仕事したり、お店があったり、野菜とか作ったりしてるんだよね。当たり前なんだけど」

「そりゃまあ、そういう場所の方が多いよな。特に謂れがなかったり、自然が多くなかったり、逆に自然だらけで人が入れなかったり」

「うん。でも、そういうとこにも神様がいたり、まだ大事にされてたりするんだなって」

「神様はどこにだっているさ」

どこかで聞いたようなことを言う。

「俺はわりとこういうところ、好きだな」

「お兄ちゃんが？　意外」

そうか？　と公太は瞬きをした。

「東京もいいけど、これくらいの街でのんびりするのもいいよなって」

「それは、旅行だから言えるんじゃない？」

美月としては、どうも『昔ご先祖様を生贄にしていた土地』という印象が拭えないのだが。

公太は軽く笑うと、その辺りで朝食の時間が終わりになった。二日目。今日は話を聞いた岐の神社というところに行こうと話していたのだ。昨日の資料館とは旅館から見て反対側で、昔兄川と弟川の分岐点があった辺りに建っている、らしい。もらったマップにもちゃんと記載されている、数少ない観光ポイントであるらしかった。

『美月、僕は明日、先に神社に行ってるから。上手くすれば向こうの力で人の形に戻れるかも』

夜に隙を見て、天也はそんなことを言っていた。あの蛇の大きさで到達するまでにはずいぶん時間がかかりそうだが、夜通し這っていったのならそろそろ着いているだろうか。護衛が公太とケロちゃんだけというのはそこそこ心配だ。

だが心配をよそに、二人と一匹はとりたてて変わったこともなく神社へのゆるい坂道を歩いていた。一車線の狭い道で、歩道は白い線が引かれて区別されているだけだ。

美月は歩きながら、昨晩天也と交わした言葉を思い返していた。

『ねえ、天也。これだけ聞きたいんだけど、なんで白鱗様は今また、生贄を欲しがってるの？　あと、私に好きになってもらいたがってるのはなんで？』

『はっきりとはわからないし、わかってることでもルールに抵触するから……でも』

美月、あいつの怖いところは、『愛情深いところ』だ。自分の想いのためなら、なんでもする。好きなものそのものだって利用する。僕も散々利用されてきた。そうやって……大事な土地を守ってきたんだ。

『だから、僕を信じて。あいつじゃなくて僕の方を』

わかった、と首を縦に振った。そんな、怖い白鱗様なんかよりも優しい天也の方を信じるのは当たり前じゃないかなあ、とも思いながら。

ぽつり、と小さな滴が美月の頬に当たった。見ると空にはいつの間にか白っぽい灰色の雲がざわざわと集まってきている。

「雨だ」

「ああ、傘持ってるから入りな」

公太に言われたので、自分の分が……と荷物を見るが、折りたたみ傘はどうやら忘れてきてしまったようだ。着替えの方に入れたのかもしれない。蛇の天也はいなくて、残されたケロちゃんは小さく縮こまって隠れていた。仕方なく公太と相合い傘をする。身体がぶつかりそうな距離にまで近寄るのは、なんだか久しぶりな気がした。

「ゴールデンウィークって晴れるイメージだったけど……」

「そういう年もあるさ。肩、濡れないようにな」

ぐい、と引っ張られる。そういう公太の肩は傘からはみ出して軽く濡れている。

「神社まではまだあるかな。ついてないね」

「まあ、蛇の脚よりは早く着くだろ」

はっと隣の兄の顔を見上げた。

「天也のこと、気がついてないと思ってたか？　ちゃんと見てるんだよ。隠し事なんてお見通しってわけだ」

公太は面白そうに笑っている。天也の『作戦』は早速先行きが不安になってきたことになる。

「……それならすぐ言ってくれればいいのに」

「別に止めたいわけじゃないしな。それに、天也が離れてた方が俺としては都合がいいし」

「なんで？」

「あいつだって結局、どこまで信用できるかわからない」

美月は足を止めた。どういうわけだか知らないが、身体の底から怒りが湧いてくるような気がした。天也は今、小さな蛇の姿でも戦おうと頑張ってくれているのに。

「天也は、大丈夫。私は天也を信じてるから、絶対大丈夫」

雨足が強くなった。傘からはみ出した髪の毛が濡れて、束みたいになって、その先から滴がこぼれ落ちる。パーカーも雨の水玉模様から一段と濃いグレーに色が変わってしまった。

「なんでそういうこと言うの……」

言ってから、大きく息を吐く。

「ごめん」

公太だってこれだけ自分のために動いてくれているのに、と申し訳なくなってきた。天也が十年来の幼なじみなら、公太なんて生まれてからずっと家族なのだ。それは、自分の方が信用できるはずなのに、とじれったくもなるだろう。そう、例えば……。

例えば？

傘が美月の方に向けられる。美月は濡れたまま、一歩後ろに下がった。道端の雑草を踏んだ、柔らかい感触。自分の中の、触れずにいた箇所についに踏み込んでしまったような感覚があった。

例えば、そうだ。去年のゴールデンウィーク、美月は公太とどう過ごしていたっけ？さすがに、一日も一緒にいなかったなんてことはないはずだ。その後でもいい。何か印象に残る思い出が少しくらいはあるだろう。一年を辿って、子供の頃から今まで。

　思い出せない。息が苦しくなるのを感じた。

　そういえばそうだ。旅館の匂いがおじいちゃんの家に似ていると言った時、公太は心当たりがないような顔をしていた。公太の失恋の話をした時、美月は中学生の頃の公太を思い出せなかった。何かがおかしい、と色々な思い出がフラッシュバックする。

　それは、公太が今まで一度も大阪の祖父の家を訪ねたことがないからではないか？美月は何度も遊びに行っているはずなのに。その場に、公太はいただろうか？　小学生の頃の、中学生の頃の、高校に上がってからの公太を、美月は本当に見たことがあるのだろうか？

　目の前の公太は、濡れてるぞ、と傘を差しだしてくれている。自分の肩もかなり湿っているのに。顔は、逆光になってよく見えない。

　公太が見えない。

　バッグから、不意に黒っぽい蛙が跳びだした。ケロちゃんは美月に向かってぐるぐると鳴くと、坂道を来た方向に跳ねていく。美月は思わずそれを追うように走り出した。

「美月――」

摑まれそうになった手が、するりとすり抜けた。駆けていく美月の背中に、公太の声がする。

「神社で待ってるからな。来いよ」

あくまで何もないような、いつも通りの言い方で。それが何より怖かった。曲瀬に来てからのあれこれ、なんだかおかしいなと感じたこと、流してしまっていたこと、それらが全て繋がるような気がして、怖くてたまらなかった。

『きっとこれから美月は、とても辛い思いをすると思う』

天也の言っていたことは、これなのかもしれない。ルールのせいで、天也は話せないことがあると言っていた。もしかしたら公太は――。

キイ、と大きく急ブレーキの音がした。十字路に差し掛かったところで車が来たのだ。動転していたせいで気付くのが遅れた。幸い、向こうが止まってくれて事故は免れる。見覚えのある、白い軽自動車だった。ケロちゃんが戻ってきて、またぴょいとバッグに入る。

「危ないでしょ、雨の日は特に気をつけて――」

おや、と車から出てきた髪の長い女性が美月を見て瞬きをした。野々宮さんだ。

「資料館の時の子だよね。傘、忘れちゃった？」

「あの」

何を言えばいいのかわからなくなって、口を開きかけて坂道を見上げる。公太の姿はもうない。どうかしたのか、と美月を追いかけてきてもくれないのだ。

「なんかあった？　大丈夫？　交番だったら駅の方だけど……雨だし、乗っていく？」

野々宮さんは親切に声をかけてくれる。どうしようか、と迷った。交番というのはなんだか違う気がする。でも、このままでは危険だとも感じていた。神社には天也も向かっているし、公太がたどり着いたらまた何かトラブルが起こるかもしれない。

「あの、野々宮さんはどちらに向かうつもりだったんですか」

「親戚（しんせき）の用事で、ほら、前に話した神社にね」

じゃあ、と美月は心を決めた。

「あの、差し支えなければ乗せていってもらえませんか。できるだけ早く神社に到着したいんです」

お願いします、と頭を下げると、はいはい、と気軽に受け入れてくれた。

「後ろ乗って。あとこれタオル。下に敷くやつと拭（ふ）くやつね」

ぽい、と大きめのタオルが渡される。

「……ありがとうございます」

後部座席に入ると、カーオーディオからは少し昔のバンドの曲が流れていた。自分の好きなスペースを作りました、という雰囲気の車内だ。熊のぬいぐるみが一匹、前の席の間から顔を見せている。少しトム次郎に似ていた。

「そういえば、お兄さんとは別行動？」

シートベルトを締めると、エンジンが動き出す。何と言えばいいか迷って、こう言ってしまった。

「お兄ちゃんじゃないかもしれないんです。昨日会った時はそう……お兄ちゃんだって思ってたんですけど……」

濡(ぬ)れた手を拭いて、千歳と春瑠菜にメッセージを送った。『うちのお兄ちゃんと、去年より前に会ったことある？』と。それほどせずに返ってきた答えはどちらも『ない』だった。両親にはまだ何も言っていない。混乱させそうだからだ。

ルールでは、白鱗様のことは美月には教えてはいけない、となっていた。そうして、公太には全て伏せておくように、と念を押していた天也たち。野々宮さんに兄妹ではないのではないか、と怪しまれたこと。全てがするすると怪しい方向に繋がっていく。

何より、天也に初めて会った時の美月が一人きりだったこと。あれは、そもそもあの頃には兄なんて美月にはいなかったからなのではないだろうか。家に誰かがいるなら、暗くなるまで公園で遊ばずに帰っていた可能性が高い。

「ええと、どういうことかな……？」

「あの、変な話なんですけど……なりすまされてた、みたいで」

答えは一つ。公太は白鱗様の側の何か。それか、もしかしたら。

「それ、あんまり細かくは聞かない方がいい？　ちゃんと聞く？」

「聞いてもらえると、嬉しいです」

野々宮さんはハンドルを握りながら、美月を尊重した質問をしてくれた。泣きそうになりながら、涙を我慢して話し出す。信じてもらえるかどうかなんてどうでも良くて、ただ吐き出したくてたまらなかったのだ。

生贄の家のこと、ここに来た理由、公太のこと、天也のこと。簡単に話したので、どこまで伝わっているかはわからない。野々宮さんは何度か、ルームミラー越しに美月の方を伺っていた。

「……それはね。きっと村上さんに聞いてもらった方がいい話だね」

静かに、野々宮さんは言う。窓の外にふと白っぽい服装の人影が通り過ぎた気がして、びくりと震えた。公太かもしれない、と警戒してしまう。

「私は、信じられるかどうかは、よくわかんない。でも、あなたが困ってるのは確かで、それは誰かが聞く必要がある話だと思うよ。それなら、少しは神様に詳しい人がいい」

「村上さんは、神社の神主さんですか？」

「そう。さっきの話だと生贄をあげてた側だから、嫌かもしれないけど。私よりも力になってくれる……かも。ちょっと気難しい人だから、そこだけ注意ね」

神社に行けば、天也に会える。そう思いながらバッグの中を見る。ケロちゃんは声を出さずに口を開け、美月を励ましてくれているようだった。

「やっぱり、気になってたんだよね、あなたたち。言わなかったけど、似てないでしょう。見た目というより、所作とかね」

「そう、見えてましたか」

どこから見ても申し分なく格好のいい公太と、悪くはないかもしれないが平凡な美月。今考えれば確かに、あまり似てはいない。

「兄妹（きょうだい）なら、もう少し雰囲気が近いかなって。あとは、目が」

「目？」

「過保護って話をしてたでしょう。妹を見てる目つきじゃなかった。すごく執着をしてる、って感じだった。あそこでもっと話を聞いた方が良かったのかも。ごめんね」

「でも、あの時はまだ気がついてなかったので……」

小さな、朱の剝（は）げた鳥居の前を通り過ぎた。横の狭い空き地に、野々宮さんは車を停める。今のが神社だろうか、ずいぶん小規模なんだな、と思いながら降りた。野々宮さんが傘を差してくれて、傍にあるこぢんまりとした家屋に入っていく。

「陣(じん)さん、お届け物と、あとお客さん、連れてきたよ」

「……なんだ、今日はやけに人が多いな。今来客中で……ああ、おい」

　奥の部屋から男の人の声がして、それから軽い足音。黒い癖っ毛と真っ黒な目をした少年が、こちらに向かって歩いてきた。肩には黒い蛇が乗っていて、床に落ちるとするするとその辺を這(は)い始めた。見た目は美月とそう変わらない年だけれど、本当はもっと長生きの神様、その一部であることを、最近知った。まだまだ知らないことがたくさんある。

「天也！」

「お疲れ。公太は別行動？」

　美月が思わず声を上げると、なんだ知り合いか、と四十過ぎくらいの無精髭(ぶしょうひげ)の男性が次いで顔を見せる。どうやら公太より先に到着できたらしい。

「まあ、狭いが入りなさい。妙なことになっているようだから、な」


　村上陣さん、というのがそこの神主の名だった。ただし神主と言っても、別に儀式なんかは全然しとらん、とのことだ。神社の小さな建物と、昔から伝わる資料や文化財の管理が主で、あとは土地を貸したりして慎(つつ)ましく暮らしているらしい。家も言葉通りあまり広くはなく、物も少なかった。ただ、床にいくらか古文書という感じの古い紙の束が散乱している。天也と一緒に見ていたものなのかもしれない。

「そんなこと言って、駅前のそこそこ大きな貸しビル、村上ビルってつくのが三つくらいあるんだからね」

小声で教えてくれた野々宮さんに、みずき、と声が飛ぶ。下の名前らしかった。いとこ同士ということで、遠慮の少ない関係らしい。はあい、と答えて彼女は台所の方に移動した。すぐ横には大きな窓があって、雨粒で濡れている。外には少し離れたところに双葉川と、灰色の空が見えた。

「整理をさせてほしい。そこの……天也くんがさっき訪ねてきて大枠は教えてくれた。昔の嫁食いの儀を白鱗様が復活させようとしている、と」

「それも、ちょっと変なやり方で」

天也が補足する。

「で、その嫁御になりかかっているのが……」

「私、みたいです」

つくづく顔を見つめられ、なるほどな、と頷かれる。何がなるほどなのかはわからないが、土地の人に話が通じると、信じられなかったような出来事もみんな事実に思えてくる。不思議なものだ。ただ、今はまだずぶ濡れの髪が乾いていないので少し恥ずかしい。

「最初に言うが、村上の家はできるだけ犠牲を出さないように堤を作った家だ。大水で嫁御が……生贄が要るなら、元を絶てばいいと。以来水害はずっと減って、生贄だって必要なくなった、と……」

少し頰を掻く。何かを言いたそうで、言いかねている空気だ。

「だから今回も基本保護するから大丈夫、安心してくれって。美月」

天也が代弁するように言葉を継いだ。

「別に、そこまでは言ってないぞ」

「陣さん、いつもそんな感じだものね。よくわかったね」

野々宮さんの声が台所の方からすると、天也は少しだけ笑って、話を進めた。

「それで、美月は解決のためにこっちに来たんだけど……公太は？」

「あ、そう。それ！　ごめん、天也。全部、あの、バレてて……逃げてきたの」

天也の顔が曇り、それじゃあ、と状況を察したようだった。

「うん。えっと、公太というのは私のお兄ちゃんで、ここにも一緒に来て……そのはずだったんですけど、多分あれは白鱗様が化けてた、んだよね」

説明をしてから天也の方をちらりと見ると、こくりと沈痛な面持ちで頷かれた。ルールだから詳細は聞けないが、天也がずっと黙っていた一番大きな秘密は、きっとこれだったのだ。一番近くにいる味方と思っていた。その相手が敵本人だったなんて。これまでのいろいろも傍で聞きながら笑っていたのだろうか。考えれば考えるほど、気持ちが落ちていくのを感じる。たとえばきっと、ケロちゃんにスマホを持たせたり、変えたはずのアカウントを教えたり、そういうのも公太の仕業だったのではないだろうか?

「その人が」

なんでこんな言い方をしなきゃいけないんだろう。ちょっとうるさいけど、普通に好きな兄だったはずなのに。

「その人がそのうちここに来るはずです。そしたら、ご迷惑かける前に出て行かないと」

「それが本当なら、うちの社と土地の問題でもあるな」

陣さんはあくまで仏頂面だったが、言葉は優しかった。

「どうしてそんなことになったのかが知りたい。嫁食いの後、白鱗様が何をしようとしているのかも」

「百年前の意趣返し」

天也が、化学の先生に当てられてすらすらと薬品の名を答える時のように、さらりと規模の大きなことを言う。

「本当にそれだけなのかな」

美月が声を挟んだ。

「それで、あそこまで回りくどいことする？　好きにさせないと、とか」

「回りくどいことしたのは、多分それ自体が目的。美月はここしばらく、公太のことどう思ってた？」

「どうって、頼りになるなあ、とか、いつもありがとう、とか……」

「それだよ。ゲームをするとか言って僕や眷属を動かして、結局あいつ、自分のポイントを稼ごうとしてたんだ。だから何回失敗しても、大して痛くなかった。むしろ嬉しいくらいだったんじゃないかな」

なんだそれは、と改めて怒りに近い感情が湧いてきた。自分や天也はもちろん、蛇くんやケロちゃんまで利用されていたのか、と。同時に疑念も。

「好感度を稼いでも、でもお兄ちゃんだよ。いきなり恋愛的な意味で好きになったりはしないよ」

「もう一度記憶を操作したりとか、やり方はいろいろある。今はもう、正体が知れたから無理だろうけど」

「そういうポイントって、据え置きなの？」

「信頼とか失望ってすごく大きいから、記憶を消してもどうしても据え置きにはなる。

次何かをやってもなかなか上手くいかないはずだ」

そういうものなのか、と思うしかなかった。それを思うと、自分から天也には結構な信頼があるものらしい。驚いたり、がっかりしたり、悔しかったり、正体を知っていろいろなことは感じた。でも、それよりも『また会えて嬉しい』の方がよほど強い。

「でも、やってみないとわからないよな」

すぐ横で声がした。陣さんとも天也とも違う男の人の声で、よく聞いた覚えのある……いや。

何を聞き間違えたんだろう。知らない人の声だ。すぐ横には顔立ちの整った明るい雰囲気の人がいて、美月に向けて笑いかけていた。爽やかな白いシャツは肩の辺りが濡れていて、さっきまで外にいたのかな、という感じがする。

「はじめまして。村上公太です。親父に用みたいだけど、俺にもできることがあったら何でも言ってください」

美月の手が取られる。あれ、と思った。なんだかこの人……なんだろう。そうだ、距離が近いんだ、と思い当たる。胸の中にもやもやと懐かしさと、不快感とが同時に沸き起こる。家族や天也みたいに仲のいい相手ならともかく、初対面でこういうことをされるのは、なんだか嫌だ。

「どうも、よろしくお願いします……」

そっと手を引くと、陣さんがおい公太、お前のそれ、悪い癖だぞ、とたしなめるように言った。そうだ。いつもならトム次郎がふんわりとガードしてくれていたのに。今は家に置いてきてしまったトム次郎が。いつも？　いつもって？　私はここに誰と来たんだっけ？

公太だ。目の前のこの人だ。そして、本当は人じゃなくて……。

目を見開いて、相手を見つめた。天也が公太の右手を摑んでいる。陣さんはどこか不審げにその光景を見つめていた。

「ほら」

天也が手に力を込める。同時に、もう片方の手で美月の肩をとんと優しく突いた。早く逃げて、と言うように。

「上手くいかないだろう。白鱗！」

「本当だな。どうしてだろうなあ。あんなに仲が良かったのにな、美月」

突かれた反動に任せて、大急ぎでその場から離れて、窓のある壁にもたれた。怖いから、というのもある。力を持った、美月に敵意のある神様。そのまま頭から食べられてしまうかもしれない。何をするかわからない。

でも、それ以上に悲しかった。

「お兄ちゃんは、もうお兄ちゃんじゃないんだよね……？」

窓の外では、雨が滝のように降り注いでいる。ざあざあと流れる音に負けないように、声を張った。

「私はお兄ちゃんが好きだったよ。そのまま何もなければ、ずっと好きでいたと思う。神様だったとしても、それを知っても、それでも仲が良かった大事なお兄ちゃんって気持ちは残ってたのに」

「美月」

公太が少しだけ残念そうな顔をした。

「なんでそんなに簡単に、その気持ちを消しちゃおうとするの？」

陣さんが頭を押さえる。記憶を押さえつけるようにしていた力が、溶けるように消えていくのを感じる。自分の中での公太の存在感が、急に薄れていく。

ああ。

本当に、あの時、蛇くんが翡翠（ひすい）の石を降らせてきた日。あの晩まで公太は、家には存在していなかったんだな。そのことがようやく実感できた。あの瞬間に入り込んだのだ。天也とのゲームを利用するために。

「人の心というのは」

公太が姿勢を整え、がらりと声のトーンを変えた。それだけで圧倒されるような、力が抜けるような気持ちになる。周りが水で満たされたような、そんな錯覚すらした。

神様、ってこういうものか。

「不思議だな。百年追ってみても、まだわからぬことばかりだ」

「お前は高みから見ていただけだろ」

十年暮らしてみてもわかんないよ、と天也は言う。白と黒の水神様の化身は真っ直ぐに相対し合った。

「野々宮さん、窓を開けてください」

台所の方でこわごわ様子を伺っていた野々宮さんが、天也に言われて窓を大きく開いた。外の風が、雨の滴を室内に運んでくる。その風が強く強く吹き込んで、瞬間、白と黒との色を空へと弾き飛ばした。

「……嘘」

野々宮さんは、そのまま外を見上げて、雨粒が目に入ったのか、慌てて窓を閉めた。

白と黒、二色の蛟が、もつれ合うように空を飛んで、時折ぶつかり合っている。短い角と長い顔、たてがみと短い手足。黒い方は白に比べると小さくて尾も短くて、美月はそれを見た瞬間にぼろぼろと泣くか、すぐさま外に飛び出して行きたくなった。でも、どちらも我慢する。今美月がやるべきことは、他にある。

ほう、とかりそめの平穏に似た空気が室内に訪れた。だが、のんびりしていられない。白と黒の蛟は戦い続けて、そのままではきっと白鱗様の方が勝つだろう。そうなれば、美月は終わりだ。

「あの、巻き込んでしまって、ごめんなさい」

まずそれだけは言った。陣さんが頭を掻く。

「……いや」

少しだけ言いにくそうに、続けた。

「先にあの天也が来たろ。あいつは……あいつの一部は川で死んだうちの子なんだってな」

野々宮さんが言っていたっけ。村上天也は、昔事故で亡くなっている、と。

「人の振りをするのに、身体と魂をお借りしました。ありがとうございました、って。そんな……うちで祀ってる神様に頭を下げられるとは思わなかったよ」

助けられなくてすみません、だとさ。陣さんは、奥に飾られた一枚の写真を見た。奥さんらしき女性と、昔の天也によく似た癖っ毛の子供が笑っている。

「だからまあ、少しは贔屓が生まれるよな。同じ水神様同士でもさ。言ったろ、村上の家は犠牲を出すのが嫌なんだって」

ぐっ、と涙が出そうになった。今外で必死でいるだろう天也のことを思う。

「私はもうなんか、ほんとに巻き込まれたって感じだけど」

野々宮さんが腰に手を当て、軽く濡れた髪を掻き上げる。

「女の子を力ずくで、みたいなのってどうかと思うし。役所の人間としては旅行客に危ない目に遭われちゃ困るんだよね」

気にしない気にしない、と笑う。そうこうしているうちにも、窓の向こうでもつれ合う二匹の蛟のうち、黒が少しずつ押されてきている。美月は頭を抱える。頑張れ、と心の中で叫ぶ。

「……どうすれば、天也を勝たせてあげられるんでしょうか。天也を……天也を助けてあげてほしい……」

「うちには、双頭が喧嘩をしたなんて言い伝えは残ってないな。前代未聞だ」

灰色の空の下、波立つ川面の上、身体の小さい天也は体力に余裕がなさそうだった。なんとか懐に潜り込んで牙を突き立てようとしているが、入っても浅い。以前二人で格闘ゲームをしていた時のことを思い出す。あの時も、一方的に公太が叩きのめしていたものだ。余裕がある。慣れている。そういう動きだった。天也は明らかに軽くあしらわれて、傷ついて、血を流し始めている。

「天也くんを勝たせてあげる、のが目的？」

野々宮さんが眉を軽く上げる。

「それとも、美月ちゃんが生き延びる方？」

「両方です。もちろん」

でも、あれじゃ多分遅かれ早かれ、白鱗様の方が勝つよ。彼女はゆっくりとそう言う。美月にもそれはよくわかっていた。わかってはいたが、認めたくなかった。

「美月ちゃんが生き延びるなら、一つだけ方法があるよね。まだ戦ってるうちに逃げて、駅に行って電車で東京に帰るの。先送りだけど、一旦は助かる」

「本当に先送りだぞ、それは」

「わかってるけど、車なら出すよ。それくらいはできる。……それくらいしか、できないけど」

陣さんはそれを聞いて、言いにくそうに言葉を続けた。

「天也を勝たせるなら。それだけなら、そっちも一つだけ思いついたことがある。気を悪くするなよ。……嫁食いの儀だ」

「……え？」

「生贄を食って力を得るのは、何も白鱗様の方だけじゃないだろ」

あの様子だと、ずっと白鱗様が食ってたんだろうが、と空を見る。黒い蛟がまっすぐな矢のように川面に落ちかけ、また体勢を立て直して飛ぶ。焦り続ける美月の心に、その言葉は一瞬だけ天啓のように聞こえた。

「私を食べたら、天也がもっと強くなれて……ううん、でも、そうしたら……」

「陣さん、混乱させるようなこと言わないでよ。こっちは美月ちゃんが優先でしょ。

食べられちゃ意味がないじゃない」

　村上堤の誇りはどうした、と野々宮さんは不服そうだ。美月は自分の手をじっと見た。

「……あの、生贄って、やっぱり全部食べられないとまずいやつ、でしょうか……？」

　二人が目を丸くして美月を見る。

「例えば腕一本とかあげて、それで四分の一くらいパワーアップ、とかそういうのは……ないかな、やっぱり」

　左手がなくなったら、それは当然とても困る。生活はもちろんだが、こちらはまだあまり想像がつかない。ただ、趣味の手芸が難しくなる。右手だけで布を押さえながら縫い針を動かすのも、編み物をするのも、至難の業と言えるだろう。困るな、トム次郎に夏服を作ってあげたいのに、と思った。

　でも、自分が死んでしまって、天也も負けて、最悪やっぱり消えてしまう、そんな事態よりはよっぽどマシだとすら思う。

「何か書いてないか、調べてみるか？」

「陣さん！」

　さっき天也に言われて、嫁食いの年の辺りの資料を出してきてたんだ、と床に積まれた古い紙の束を開いてパラパラとめくった。陣さんも焦っているようで、一度取り落としかける。

「……生贄を命を取らずに済ませたケース、というのは見かけないな」

ただ、さっき少し天也と話していたことがある、と途中のページをそっと開いた。

「昔から眉唾で聞いてたんだが、毎回生贄を捧げた後に必ず訪ねてきて当主と杯を交わす人がいる、どの年の記述を見ても白い着物を着た、似たような見た目の若い男だ。これはさては白鱗様ではないか、って話があった。俺の時も来るんじゃないかって親父に脅された」

「来て、何をしてたんですか？」

「まあ、労いをして、毎回結構下らない話をしているな。作物の出来とかならいい方で、何か面白い話はないかとか、美味い食べ物はないかとか」

「世間話じゃない。それ、何か関係あるの？」

野々宮さんが呆れたように言う。美月たちは二人で陣さんを挟むように、横から日記か何からしき文面を見ていた。紙はかなりボロボロで、墨も薄くなっている。

「まあ、待て。これが二百年前。で、今から百年前にも来たらしい」

それよりはまだ新しい、帳面、という感じの紙の束を取り出す。

「生贄、あげてないんですよね？」

「でも来た。律儀なのか、怒ったのか、寂しくなったのかは知らん。そこでされたのが……」

　陣さんは首を傾げる。

「恋の相談、だったそうだ」

「恋？」

「あの、その生贄の子に振られちゃったんですよね、白鱗様。だからなんとか自分のものにしようと思って相談したのかな」

　何をやってるんだ、とまだ公太が兄のような気分で考えてしまった。本当に恋愛がわかっていなかったのだな、あの見た目と性格で、と。

「その場にいた者は、価値のある物で釣れば良い、とにかく手紙などで話しかけて応えてもらうことが大事である、周りが嫁に行けば自然と焦り出すであろう、共に遠出するのはどうか、などと案を出し、客人は至極満悦した様子であった、と」

「周りのアドバイス、だいぶひどくない？」

「それ、全部私がやられたことですよ！」

　本当にわかっていなかったのだな、と心底頭を抱えたくなった。人間の心の機微がわからない神様。天也——黒鱗様はそれでも、ぎこちなく少しずつ勉強を重ねていたけれど、白鱗様の方は。窓の外を見た。まだ二人はどうにかもつれながら暴れている。

そして、昨晩の会話を思い出す。あの話——昔振られた好きな相手がいて、というのは、つまり。

「お兄……白鱗様、百年前のその子のこと、好きだったみたいなんです」

百年前の意趣返し、と天也は言っていた。それだけだろうか。本当にそれだけのためにこれだけ回りくどいことをしたのだろうか。昨夜の会話だって、ある程度は本当のことだったのではないだろうか。

忘れられない、と公太は言っていた。勘でしかないが、きっとあれは、嘘ではない。

「もう一度話ができたらいいのに……」

「できるか？　あれ」

「わかりません」

「……まずいなあ」

野々宮さんが窓の外を見る。雨はあまりに激しい。

「神様も一大事だけど、人の方も大変。役所から呼び出しが来る前に車出さなきゃ」

美月も一緒に外を見やる。雨の向こうに、天也が鋭い一撃を食らって川面に落ちそうになっているのが見えた。反射的に、弾かれるようにこう言っていた。

「川まで連れて行ってくれませんか！　やっぱりダメ、私だって動かなきゃいけないと思うんです」

「美月ちゃん」

野々宮さんと陣さんは顔を見合わせた。陣さんは、やってやれ、とでも言うようにぞんざいに手を振った。

「……堤防までだよ。あんまり待ってはいられないかも」

「十分です！」

美月も立ち上がった。陣さんは、資料にまた目を落とす。

「すまんな。俺の方ではとりあえずここまでだ」

「いいです。本当にありがとうございます。私のことだから、私がちゃんとしないと」

そうだ、そうなのだ、と思った。天也は守ってくれると言う。公太もそうだ。自分に任せておけば大丈夫だから、さあ、と手を差し伸べる。それは好意から来るもので、嬉しいことだ。でも、きっとそれだけでは、守られっぱなしではいけない。周りに頼るのは、自分がしっかり動くのが前提だ。

野々宮さんと陣さんは美月を助けてくれた。出来る範囲で、だ。初対面にしては親切すぎるくらいだったけれど、でも二人にはそれぞれの立場があって、最後まで一緒にいてくれるわけではない。それでいい。

美月は今、自分のために、自分のやりたいことをしに動く。それは、大好きな天也を助けるためでもあり、自分が生き延びるためでもあり、可能なら、公太だった白鱗様とちゃんと話をつけるためでもある。自分が動くのだ。

美月はだって、もうあのジャングルジムを一人で登れるのだから。

「ん、なんだ、蛇」

陣さんが声を上げる。蛇くんが、帳面に挟んであったらしい物をくわえている。何か見つけたのだろうか。

「手紙か？『貝原弓子より、白城公太様へ』。……貝原ってのは、嫁食いの家の姓だな」

美月の家の、昔の名字か。なんだか不思議な気がした。

「じゃあ、百年前の話の子から……白鱗様への手紙ですか？」

陣さんはおそらく、と頷き、その白茶けて古くなった封筒を手渡してくれる。開封はされていない。

「何かに使えるかもしれん。持ってけ」

美月はそれを、バッグの中にそっと差し入れた。ケロちゃんが指を伸ばして、とん、とその手紙を一回つついた。


堤防のすぐ下に白い車が停まり、美月はそこから転がるように飛び出す。雨足は弱まらず、川の水位も上がってきている。よく様子を見ようとして水に攫われる人がいるのはニュースで知っていたが、自分も洒落にならない、と焦りながら堤防に近づく。上に登るのはさすがに恐ろしい。

　上空では、白黒の蛟が未だ争い合っている。雨のせいか、周囲に見に来ている様子の人影はない。もしかしたら家の中で動画でも撮影している人はいるのかもしれないが、もうそれは仕方がない。

　黒鱗の蛟は、遠目にもわかるほどに傷ついている。急がなければならない。美月はもはや中身が濡れるのも気にせず、ショルダーバッグを開けた。やることは車内で打ち合わせた。ぶっつけ本番でどうにかするしかない。

　傘を地面に置き、ケロちゃんに外に出てもらう。両手のひらに乗る程度の大きさだった蛙は、少し震えると、両手で抱えるほどのサイズにまで大きくなった。前みたいに人くらいになれるのか、と聞くと『いいえ』だそうだ。あの時は特別に力をもらっていたのかもしれない。ともかく、ケロちゃんがそこまで巨大化する必要はない。

　ケロちゃんは大きく大きく、裂けないか心配なほどに口を開く。美月は照準を定めるように、もつれ合う二人にその口を向けた。

「いい、ケロちゃん」

　腕が一回、軽く叩かれた。『はい』の意味だ。

「一、二」

ゴー、と合図をした瞬間、口の中からぐるぐると音がして、何か黒いものが高速で弾き飛ばされた。反動で美月は数歩足踏みし、濡れた地面で滑りそうになる。なんとか堪えた。

飛び出していったものは、過たずに白鱗にまっすぐにぶつかる。まさか横合いから邪魔をされるとは思ってもみなかったのだろう。黒鱗に嚙みつこうとしていたところを、白い身体は大きく吹き飛ばされかけた。

「ああ」

黒っぽいものは一度堤防の方に引き下がり、嘆息するような声を上げながら、ひらひらと宙を舞う。雨音に紛れて、少し困ったような声がした。

「確かに約定では、負け次第そちらにつくとなっておりますが」

よく見ればそれは魚の形をしている。黒い鯰が空を飛んでいるのだ。あの時大和田公園で、ケロちゃんは一心に鯰が消えた後の泥を口にしていた。それを媒介にして呼び戻すことができるのではないか、と美月が天也のケースを参考に思いついたのだ。

「突然のこれは、あまりに乱暴にすぎませぬか、嫁御」

嫁御じゃないよ、と返すも、すぐに鯰はまた蛟の争う方に飛んでいく。そうして白鱗の牙に裂かれて、鯰はつるりと二体に分かれた。そのまま翻弄を続ける。

「天也！」

隙を見て黒鱗が……天也が、精一杯呼びかけた美月目がけて飛び込んできた。堤防の上に引っ掛かり、枕にでもするように倒れ込む。近寄ると遠くからは短く細く見えていた胴体も、美月が上に乗れるくらいには大きい。それがまた溶けるように人の形になって、堤防に腰掛けた。肩で荒く息をしている。

「大丈夫、天也！」

「あんまり」

顔色が良くない。このままではいけないということがすぐにわかった。蛇くんがちょろちょろと外に出て、心配そうに見上げている。

「天也、あのね。一個だけ聞かせて。白鱗様はあの子の……百年前に生贄になりかけた子のこと、どう思ってたの？」

「今その話する？　わからないな。僕はくっついていただけだから。ただ、手に入れられなくてずいぶん悔しがっているのかな、というのは感じた」

空を見上げる。鯰も素早いが、時間稼ぎにしかなっていないのはわかる。急がなければ。

「白鱗様が陣さんのご先祖様のところに遊びに行った時は、天也は一緒にいたの？」

「いや？」

人に化けている時は基本的にはバラバラで、天也はそのままで化けることができないので、置いていかれることがほとんどだった、という。

「じゃあ、恋愛相談してたことは知らない？　その後は何かなかった？」

「その後……は……」

長い睫毛が、雨粒を弾くように揺れた。

「あいつ、何回か人里に行ってたな」

「それ！」

美月も、何か確証があったわけではない。でも、少しずつ、少しずつ話がわかり始めた気がするのだ。車の中でざっと読んだ、あの手紙がキーだった。

「その生贄だった子に会いに行ってたみたいなの。好きになってもらえないかって。でも無理で、その子は……」

「貝原弓子、っていう名前だった。家ごと東京に引っ越した。そこまではわかってるけど、その時はそれきりだった」

地鳴りのような、吼える声がした。白い蛟が尾を振ると、川の水が飛沫になって跳ねた。

「生贄、ってずっと言ってたし、多分白鱗様自身も生贄が欲しいと思い込んでるんだと思うけど。違うよ。本当に白鱗様が欲しいのはお嫁さんで、きっと私じゃなくてその子じゃないとダメなんだよ」

ずっと寂しかったんだ。寂しいって、百年経ってやっと気がついたんだ。それで、私じゃダメなんだっていうこともきっとわかってたんだ。そう思って目を伏せた時。

危ない、と天也が美月を突き飛ばした。

強い風が雨に濡れた服を煽り、そのまま吹き飛ばされそうになる。実際は軽く全身で転がって、堤防に寄り掛かった。鯰を振り切った白鱗様が、二人目がけて飛び込み、通り過ぎたのだ。手と膝を擦りむいて、ぴりぴりと痛かった。白鱗様は、幾つもに小さく分裂した鯰の群れに追いつかれ、また川面の方へと飛び去っていく。

『大雨と強風で、危険な状態です。外出する場合は、河川の近くには近寄らないよう……』

音の割れたアナウンスが聞こえる。本当に、できるだけ近寄りたくなんかないんだけど。

「聞いて！　白鱗様！　公太！　お兄ちゃん！　なんでもいいから！」

大きな声を張った。風にかき消えないよう、何度も。くいくい、と靴下が引かれるのを感じる。下を見ると蛇くんがいて、どうぞ、という顔で石をばら撒いていた。

「……効くかな。当たりさえすればいいのか。そうだね」

翡翠の原石、しっかりと磨けば貴重なものであるかもしれないその石を、振りかぶって投げる。何度も投げる。やがてひとつがようやく、白鱗様の角を軽く打った。鯰が何匹も川に落ち、白い蛟が彼女の方を振り返る。

あなたはいつもいつも、自分のことばかりで、守るって言ってくれたのも全部計算ずくで、本当に仕方がない人で。でも、嫌いにはどうしてもなれないよ。だから、ちゃんと話をしてよ。

念じるように天也の手を取って、当たり前みたいに二人で手を繋いで待った。白鱗様は風を巻き起こしながら飛んでくる。そうして、目の前でぴたりと止まった。憎々しげに歪んだ顔は、先ほどの天也の黒鱗よりもずっと大きく、猛々しい。

ずっと、この地を守ってきた神様。

「まず！　私はあなたのお嫁さんにはならないし、食べられたりもしません」

再三言ってきたことを繰り返す。

「僕も、美月を白鱗に渡すのは、嫌だ」

白鱗様は言葉も発さずに、威嚇するかのように大きく、鋭い牙のある口を開いた。

美月は足がすくみそうになるのをなんとか我慢する。

天也はいつも、嫌なことに逆らって私を助けてくれる。だから、私だってやれることをやるんだ。そう思いながら美月は、びしょ濡れのバッグから開封済みの手紙を取り出した。天也が、さっき放り出した傘を差してくれる。

「それを前提にして、お話が……えっと、手紙があります。貝原弓子さんから」

そのまま美月を喰らいそうなほどに口を大きく開いた蛟が、その名を聞いてぴくりと顔を動かした。美月はざっと手紙を眺め、時候の挨拶だとかその辺は省いて読み始めた。昔の人って、そういう部分が不思議なくらいに長い。

「『お知らせをする前に東京へと向かうこととなり、直接ご挨拶ができずに残念です。恐らく、もうお会いすることもないでしょう。貴方様のご期待にお応えできなかったことも、仕方のないこととはいえ、申し訳なく思います』」

やっぱり、しばらく会っていたんだな、と再確認する。

「『貴方様にはいつも驚かされることばかりでした。よろしいですか。人は、あまりに熱心な贈り物や手紙は、かえって胡乱に思うものですよ。一時は本当に扱いかねておりました。貴方様が、本物の水神様だと知るまでは』」

天也が目を瞬かせる。美月も、ここを読んだ時は驚いたものだ。白鱗様は、身じろぎもせずにそれを聞いていた。

「『村上様に伺いました。神様ならそうと仰っていただければ、もう少し優しくできたでしょうに、かえすがえすも残念です。私は、貴方様に好意を返すことこそできませんでした。お嫁入りなどもってのほかです。ですが、私はこの土地を好いておりました。ここをずっと守ってくださった方に、もう少し何かをお返ししたかった。私は家の都合で曲瀬を去りますが、きっと、この地を忘れることはありません。美しい瀬の流れと、地の恵みを、どうか永く保ってくださいませ。お住まいがわかりませんので、お手紙も村上様に託します』」

しん、と沈黙の中、雨と風の音だけがごうごうと響く。白鱗様はいつの間にか人の姿を取って、ゆっくりと美月の方に歩いてきた。公太とほとんど同じ様子だが、少しも水に濡れず、染みひとつない白い着物と、袴を穿いている。百年前はこんな感じだったんだろうか、と思った。百年前から白鱗様の時間は、止まっていたのかも知れない、とも。

「弓子さんが、好きなんでしょう」

好きだったんでしょう、とは言わない。多分、今もずっとそうなのだ。美月の中にも面影は見ていたかもしれないが、その程度だ。百年前、大正時代の華やかな東京に行ってしまい、それきりだった、ちょっと気の強い女の子。美月から見ると曾祖母に当たるのだろうか。それ以上のことは知らないが、私もあなたのことが結構好きだよ、と思う。

「じゃあ、私じゃダメだよ」

「……白鱗は、やってることがなんとなくおかしかった。ゲームを仕掛けたり、美月が蛙に食べられそうになったら助けたり。もちろん作戦ではあったんだろうけど。本当に、食べて力を貰うのが目的なのか、とたまに疑ってた」

天也が続ける。

「私は、天也が好き」

握った手に、さらに強く力を入れる。天也の方からも優しい感触が返ってきた。白鱗様のまがい物の思い出とは違う、本物の十年間がそこに詰まっていた。

「あなたのことは好きだけど、そういうのじゃない。誰より大事とは思えなかったし、本当はよく知らない。あなたもそうでしょう？　私のこと、本当に好きなわけじゃないでしょう？」

こうして手を繋いで、心が浮き立つような、少し悲しくなるような、不思議な気持ちになるのは天也だけだ。きっとそうなのだ。

白鱗様は何も答えずに、手を差し出した。

「……手紙を」

美月が手渡すと、本文に目を落とす。ふっと目つきが柔らかくなるのがよくわかった。

「ああ」

その顔は公太によく似ていて、でも、やっぱりそうだ、弓子さんが大好きだったんだ、と心からそう思った。美月は一度も見たことがない、本当に優しい笑顔を浮かべていたからだ。

『大雨と強風で、危険な状態です。外出する場合は、河川の近くには近寄らないよう……』

「あの娘の筆だ……！」

アナウンスが再三聞こえる。美月は野々宮さんの車の方を見た。

「案ずるな」

白鱗様がそれを遮るように、ゆっくりと堤防の方に歩き出した。

「頼まれては仕方がないな」

待って、と声をかけたかった。まだたくさん、話していないことがあるような気がするのだ。美月だって、弓子さんと同じだ。恋愛を仕掛けられるのは困るけど、『兄の公太』のことは嫌いではなかった。今後もいてほしいのかどうかはわからないけど、いなくなってほしいわけではないのだ。

だが、白鱗様は神様だ。美月一人の物ではない。

「黒鱗。後は頼む」

堤防に備えられた石の階段をゆっくり登り、一番上の段で白鱗様は一度だけ振り返った。

「……ごめんな。美月」

その一瞬だけ、確かに美月の兄の公太だった顔は、すぐにくしゃりと歪んだ表情から威厳を取り戻す。そうして、とん、と軽くジャンプをして、白い姿は堤防からかき消えた。

一瞬だけ大きく泡立った川は、不意に流れが静かに、緩やかになる。気がつくと白鱗様はどこにもいなくて、少し冷たい天也の手の感触だけがあった。

「……白鱗様は？」

「わからない。消えたってことはないと思うけど。これくらいの川を鎮めるのは、本来は生贄(いけにえ)を取ってやっていたことだから。眠っているのかも」

空を見上げる。雨はまだ止まない。

「それより、雨をどうにかしないと、まだまずい」

「それなんだけど……」

美月は、腕一本で四分の一パワーアップの話をしてみた。そんな馬鹿な、と一蹴(いっしゅう)されるかもしれない、と思ったのだが。

「美月の中の力を、少しでも借りられれば、それでいけるかもしれない」

「私、力なんてないよ？」

「それは、えー、電池と同じ。そのままじゃ意味がない。ちゃんと動く機械に繋(つな)がないと」

僕が機械、と天也は美月の手を取った。さっき突き飛ばされた時に擦りむいて、赤い血が甲を這っている。

「電気、貸して」

赤い舌が、もっと赤い血を軽く舐め取った。明らかにそれだけではない、ぞくぞくとした悪寒を伴う気持ちよさが身体を走る。

そうして身を竦めた瞬間、天也の姿はかき消える。代わりに黒い蛟が大きく一声鳴いて、そのまま空へと駆け上っていった。

重たい雲が、ぱんと弾けるように消えていく。昼の青い青い空が広がる。

「天也……？」

返事はない。堤防の上で、蛇と蛙が並んで空を見ている。無数に分かれていた鯰は、再び集まって一つの黒い魚に戻って川の中へと潜っていった。

「天也」

美月は呟く。彼がどうなったのか。どこへ行ったのか、それは何もわからない。

疲労でへたり込みそうになりながら、ゆっくりと歩いて堤防の階段を上がる。上の方まで行くと、風が濡れた髪の毛を揺らした。

水量が増し濁った川は、しかしようやく顔を出した太陽に無数の反射を起こし、ざわめくように光り輝いている。百年、二百年、その前もずっとこの地を潤していた川。人の力で造り変えられ、底には泥と小石が転がり、中には翡翠なんかも交じっている。

そうして、水辺や水中にはたくさんの生き物が今でも棲んでいる。

神様なんて、もしかしたら今はもう要らないのかもしれない。でも、白鱗様と黒鱗の天也がずっと守ってきた土地だ。今この時も、守ってくれている場所だ。

堤防の上から眺めて、初めて美月は胸の中に清々しい、晴れやかな風を感じた。これまでどう思えばいいのかわからなかった曲瀬という土地が、ようやくちゃんと自分の中に形を持って存在をし始めた気がした。

すう、と大きく息を吸う。全部を吐き出すように、叫ぶ。

「ありがとう！」

その言葉は、きっと届いているはずだった。

エピローグ

「それで」

休み明けの学校で机に寄り掛かりながら簡単に話を聞かせると、千歳と春瑠菜は同時に詰め寄ってきた。

「一体何がどうなったの」

「神様たちはどうなったの」

「そもそも、なんで白鱗様は美月に言い寄ってたの」

全然わかんない、というわけだ。そう言われたって、美月だってよくわからない。

まず、美月はへとへとになりながら一人で東京に戻った。白鱗様は姿を消したままだったから、行きは引率してくれた公太はもうどこにもいない、ということになる。

両親に連絡しても兄の話は何も出なかったし、こちらから聞いても不思議そうに聞き返されるばかりだった。綺麗(きれい)さっぱり、美月は元の通りの一人っ子に戻ってしまった。

それは友人たちも同じだ。公太の話をしても、首を傾げるだけで芳しい反応はない。

「多分、大水を止めるために動いてくれたんだよね。それで、今はお休みしてるのかも」

「こっちの方は全然雨降らなかったけどね」

　おかげでデートもできたよ、と千歳は楽しそうだ。なんだか、あの法学部の人とまたよりを戻したりしたらしい。春瑠菜は家族で出掛けた、とやはり嬉しそうにしていた。二人とも、美月が曲瀬から帰ってきたらあの鯰に騙されかけた時の記憶もぼんやりしてしまったようで、白鱗様が少しは優しくしてくれたのだろうか、と考えてしまう。ことに春瑠菜に対しては。

「白鱗様は……弓子さんがいなくなってからは、あまり動かないで休んでたんだって。人が土地とか川とかを作り替えるから、守ることも減ったしって。それで百年が経って、寂しくなっちゃったんじゃないかなあと」

「寂しくなって、そうだ昔好きだった子の子孫探そう、ってなったわけ？」

「わかんないけど！　その辺はもう、本人もよくわからなくなってたんじゃないかなって思うんだよね」

「ちょっとわかるかもー」

　春瑠菜がゆったりとした声を上げた。

「好きな人がもういないんだなあって思ったら、胸がきゅーってするんだよね。で、何したらいいかよくわかんなくなって、その辺ぶらぶら疲れるまで歩いて、私何やってるんだろーって……」

「春瑠菜、そういうのあったの？」

「ないよ？」

けろりとした顔をする。そう、二人の記憶はもう消えている。一度恋になりかけた想いも、どこかへ散ってしまった、そのはずなのだ。

「ないけど、そういう想像。悲しいよねえ」

「そう思ってくれるなら、多分白鱗様も少し嬉しいんじゃないかな」

そう？　と春瑠菜は笑う。

「私、その話だと白鱗様推しだから」

「ええっ、敵じゃん。黒鱗様の方が格好いいよ」

推しとかそういう話でもないんだけどな、と思う。

「何の話？」

突然、美月の肩に手が置かれた。ひんやりした感触のその手は色が白くて、血管がよく目立つ。美月のすぐ傍にはやはり白い綺麗な顔が、癖っ毛の前髪の下から覗いていた。

「あ、村上先輩だ。美月のゴールデンウィークの話ですよ」

「解決してよかった記念スペシャルパーティーしましょうよ」

千歳さあ、目の前にいるのがその推しの黒鱗様なんだけど、と言おうにも、天也が口の前で人差し指を立てているので何も言えない。天也に関しての話も軽く二人にしていたはずが、そこの記憶もいつの間にか消えてしまったみたいだ。そして、高校三年の村上天也先輩はいつも通りに昼休みと放課後の教室に現れる。

「パーティーって感じのもの買ってきてないよ」

「じゃあ明日、美味しいもの持ってこよう！」

「明日……は、多分昼は来られないから」

全員でおや、という顔をする。

「というか、しばらくはこっちに来たり来なかったりになると思うから。三人で楽しんで」

「ええーっ」

「村上先輩がいるの楽しいのにい」

三年ってやっぱり忙しいんだね、という話になる。そういう話をしながら、美月は知っている。天也が東京で普通の学生の振りをするのは、時々になってしまうらしい。曲瀬の神様の仕事があるからだ。仕事と言っても、ちょっと見回る程度らしいけれど。これは天也なりの、少しずつフェードアウトするための挨拶のようなものであるらしい。

正直なところ、とても寂しい。東京の高校生であった天也が、いなくなってしまうような気がするからだ。公太もいなくなってしまった今、親しい人がどんどん変わっていってしまうようで、胸が苦しくなる。

でも、それが仕方がないこともわかっている。いきなり消えてしまわないでいてくれるだけ、ちゃんと考えていてくれているのだと思う。

美月一人だけが正確な事情を知っていて、友達に隠しているのはやっぱり少し心苦しい。でも。

天也が、こっそりと軽くウィンクをした。秘密のおかげでそういう顔を独り占めできるのが嬉しいと思うようにもなった。それは、きっと大きな進歩だと思う。

「じゃあ、陣さんのところに居候することになったんだ」

帰り道。まだ空は明るくて、少しずつ夏が近づいているのを感じる。もう送ってもらう必要もないのだが、それでも二人は一緒に帰る習慣を続けていた。

「その、人のまんまなの？　これまではどうしてたのかな。神社の中にいたのか、それとも川なの？」

「なんて言えばいいのかな。遍在してる。あちこちに僕や白鱗がいて、自分がいたいところに本体がいる……感じ。弱ってると、本体ひとつしか動かせなかったけど」

「じゃあ、白鱗様は……？」

「川がまだあるわけだから、消えてはいないはず。かなり疲れてるけど、そのうちまた起きるよ」

「……良かった」

部屋に置いてある熊のトム次郎を思う。美月の気のせいだとわかっていても、曲瀬から帰ってからは『公太がいなくて寂しいです』とでも言っているような顔に見えていたのだ。

僕は今は白鱗と美月に力を貰ったから、わりとフレキシブルでいられる、と天也は言う。美月はもうすっかり傷の治った手の甲を無意識に触って、あの時の感触をむず痒く思い返していた。

「ただ、朝は曲瀬で昼は東京、なんていうのはさすがにちょっと疲れるから、こっちには時々、という感じになるかな」

例のフェードアウトだ。美月はまた寂しさと、心苦しさと、秘密の甘さを一緒に味わう。

「……来てくれるんだね」

「美月がいるからね」

さらりと言われて、口をぱくぱくさせた。混乱して、少し意地悪な言い方で返す。

「わかってる、わかってるから。時々、充電がいるんだよね。電池。私電池だから、天也は神様で……」

「何を慌ててるんだよ」

とん、と額を指で突かれた。

「充電が必要なのは本当。僕は白鱗ほど強くはないから、時々、ほんのちょっとでいいから血が欲しい。でも、美月に会いたいのも本当」

「本当……？」

「僕は白鱗ほど賢くはないから」

天也はそのことが少し不満そうで、道端の塀をがり、と軽く引っ搔いた。

「上手いこと言ってごまかすのは、全然ダメだった。知ってるだろ」

「知ってる。全然騙したりとかできなそうだった」

「そう。だから、好きでもない子に会いたいとか、そういうことを言ったりはしない。絶対にしない」

黒い目が、深い淵のように揺れて、美月を覗き込む。

「それに、あいつと違って、自分の気持ちはある程度わかってるはずだ。僕は――」

ちょっと待って、と手のひらを前に出した。場所は交叉点の手前で、車の通りが多い。人だって少しは歩いている。美月は周りを見て、天也を引っ張って裏手の道に入った。裏手に置かれたプランターで花をたくさん育てている家があって、その前で立ち止まる。

「待ってね。ここならいいかな……」

「何が」

「天也が読んでる漫画には、場所とかシチュエーションが大事って話は出てなかったのかな！」

ああ、と周りを見回す。先ほどの場所よりはずっと静かで、人に聞かれて恥ずかしい思いをすることもなさそうだ。

ここなら、ちゃんと聞ける。

「僕は、美月が好きだよ」

水の中で、小さな泡がこぼれるように繊細な声で、美月の神様は囁いてくれた。

「私も」

これは、言わば再確認のようなものだ。お互い、曲瀬の出来事で気持ちは知っていた。でも、改めて言葉にすると、心臓が早鐘を打つように騒がしくなる。

「人じゃなくてもいい？　身体半分泥なんだけど」

にしない」

「いいよ。大丈夫。いいムードの時にそういうことは言わないでほしいけど、でも気
　私こそ、百年も生きられないよ、と不安に思っていたことを言ってしまう。

「その間ずっと、一緒にいて」

　天也の視線は優しい。それは神様が人に向ける慈愛と、人が一番大好きな相手に向ける愛情とが入り交じった、彼にしかできない目だった。右の手がゆっくりと、美月の顔に近づく。

「おばあちゃんになっても？」

「おばあちゃんになったとこを、見せて」

　白鱗は、弓子さんのその姿を見ることもできなかったんだ、と指先が頰に触れた。

「……無害な神様なんて、無益だって、言ったろ。世の中には神様は数え切れないほどいる。東京のドブ川にだっているんだ。でも、みんなもう諦（あきら）めて眠ってる」

　白鱗もそうするつもりだった。でも、ふと起きた時になんだかたまらなくなったんだろうな。害と益をもたらすような、そういう生きた神様になろうとしたんだ。恋には、それだけ誰かを狂わす力がある。

「僕は、できるだけ害にはならないようにするけど、でも、白鱗の残そうとしたものはちゃんと継ぎたい。心の中にあるものは大事にしたい。美月をずっと見てたい。こ

れは、代わりにとかじゃなくて、僕が」

　背伸びをした。天也はそれほど背の高い方ではないから、軽くで済んだ。肩を摑んで、顔を近づけて、目をまっすぐに見て、それから、睫毛を伏せて。

　最後の一押しは、ちゃんと天也から来てくれた。美月は、目も口も塞がっていると、風の音がよく聞こえるな、と思った。しばらくして顔を離した後も、その音はそのままだった。二人とも、何を言っていいのか、という顔でずっと黙っていたからだ。

「次は、いつ来る？」

　美月が、痺れを切らしたように言う。

「美月がいい時で。週末がいいのかな」

「うん。土曜とかだと、デートって感じがするよね」

「それをしよう、デート」

　どこ行くか考えとくね。美月は笑ってそう言った。そうしてふと、地面が日向と日陰とに色分けされていることに気がつく。美月は陽の側に、天也は陰の側に立っている。いつも明るい側に慌てて駆け出していた美月だが、今日はその違いに関しては何も気にならなかった。手を伸ばして、天也の手を摑む。

　たった一人でも、流れに逆らうことを通したこの人は、とても素敵だった。それを自分なりの頑張りで助けられた自分だって、捨てたものじゃない。そう思う。そうしていつか二人で、いなくなってしまったもう一人の神様が戻ってきた時に迎えてあげられれば。そうできればいいな、と心から美月は考えていた。

目を閉じる。遠く曲瀬には双葉川という川があって、その片割れは今美月の隣にいる。もっと大きなもう一つの川は、溢れかけたところを止められて、今もとうとうと流れているという。

「じゃあ、またね」

「また」

しばしの別れの言葉を交わした瞬間、天也は黒い蛟になって瞬く間に飛び去った。あの日の風景は動画に撮られてネット上にアップロードされたりもしていたが、『遠すぎてよくわからない現象』で済んだらしい。

全てがゆったりと、流れていく。あの目まぐるしかった時間までも。

(でも、ねえ、弓子さん)

百年前の女の子に話しかける。二百年、三百年前の辛い思いをした女の子たちにも。

(私、今幸せだよ。川も人も無事。こうして平和に好きに、神様といられる時はちゃんと来たから)

あなたたちのおかげで、というのもおかしいだろう。安心して、というのもおこがましい。それでも、祈らずにはいられなかった。

（きっとこの先も、ずっといい未来になりますように）

それはあまりに甘く幼い祈りだと、美月自身も呆れるほどだった。それでも。

恋が一つ叶った日には、願いの一つも一緒に叶いそうな、そんな気がしていたのだ。

本書は書き下ろしです。

水神様(すいじんさま)がお呼(よ)びです

あやかし異類婚姻譚(いるいこんいんたん)

佐々木 匙(ささき さじ)

令和2年 10月25日　初版発行

発行者●青柳昌行

発行●株式会社KADOKAWA
〒102-8177　東京都千代田区富士見2-13-3
電話　0570-002-301(ナビダイヤル)

角川文庫 22388

印刷所●株式会社暁印刷
製本所●本間製本株式会社

表紙画●和田三造

ISBN 978-4-04-110837-6　C0193

◇◇◇

角川文庫発刊に際して

角川源義

第二次世界大戦の敗北は、軍事力の敗北であった以上に、私たちの若い文化力の敗退であった。私たちの文化が戦争に対して如何に無力であり、単なるあだ花に過ぎなかったかを、私たちは身を以て体験し痛感した。西洋近代文化の摂取にとって、明治以後八十年の歳月は決して短かすぎたとは言えない。にもかかわらず、近代文化の伝統を確立し、自由な批判と柔軟な良識に富む文化層として自らを形成することに私たちは失敗して来た。そしてこれは、各層への文化の普及滲透を任務とする出版人の責任でもあった。

一九四五年以来、私たちは再び振出しに戻り、第一歩から踏み出すことを余儀なくされた。これは大きな不幸ではあるが、反面、これまでの混沌・未熟・歪曲の中にあった我が国の文化に秩序と確たる基礎を齎らすためには絶好の機会でもある。角川書店は、このような祖国の文化的危機にあたり、微力をも顧みず再建の礎石たるべき抱負と決意とをもって出発したが、ここに創立以来の念願を果すべく角川文庫を発刊する。これまで刊行されたあらゆる全集叢書文庫類の長所と短所とを検討し、古今東西の不朽の典籍を、良心的編集のもとに、廉価に、そして書架にふさわしい美本として、多くのひとびとに提供しようとする。しかし私たちは徒らに百科全書的な知識のジレッタントを作ることを目的とせず、あくまで祖国の文化に秩序と再建への道を示し、この文庫を角川書店の栄ある事業として、今後永久に継続発展せしめ、学芸と教養との殿堂として大成せんことを期したい。多くの読書子の愛情ある忠言と支持とによって、この希望と抱負とを完遂せしめられんことを願う。

一九四九年五月三日

帝都つくもがたり

佐々木 匙

角川文庫キャラクター小説大賞〈読者賞〉受賞作

売れない作家の大久保のもとに、大学からの腐れ縁で、今は新聞記者の関が訪ねてきた。「怖がり役」として、怪談集めを手伝ってほしいという。嫌々ながら協力することになった大久保だが、先々で出遭ったのは、なぜか顔を思い出せない美しい婦人や、夜な夜な持ち主に近づいて来る市松人形など、哀しい人間の"業"にからめとられた、あやかし達だった——。西へ東へ、帝都に潜む怪異を集める、腐れ縁コンビのあやかし巡り!

ISBN 978-4-04-107952-2